Rafael Sánchez Ferlosio

Abenteuer und Wanderungen des Alfanhuí

Roman

Aus dem Spanischen von
Helmut Frielinghaus

Mit einem Nachwort von
Walter Haubrich

Insel Verlag

Die Originalausgabe erschien 1951
unter dem Titel *Industrias y Andanzas de Alfanhuí* in Madrid.

Druck: Friedrich Pustet, Regensburg
Printed in Germany
Erste Auflage dieser Ausgabe 2004
ISBN 3-458-17196-7

1 2 3 4 5 6 – 09 08 07 06 05 04

Abenteuer und Wanderungen des Alfanhuí

Das Licht des Leibes ist das Auge.
Wenn nun dein Auge lauter ist,
wird dein ganzer Leib voll Licht sein.

MATTHÄUS 6, 22

›Ssenbré avena loca ribera de Henares.‹

ARCIPRESTE DE HITA ›LIBRO DEL BUEN AMOR‹

Für dich gesät sind die Torheiten, die mir im Kopf herumgingen und die in Kastilien einen so guten Schauplatz hatten. Für dich geschrieben ist diese Geschichte, kastilisch und voller wahrer Lügenmärchen.

Erster Teil

I.

Von einem Wetterhahn, der Eidechsen jagte, und was ein kleiner Junge mit ihnen machte

Der Wetterhahn, der aus einem Stück Eisenblech geschnitten ist und sich nach dem Winde dreht, ohne sich von der Stelle zu rühren, und der nur ein Auge hat, das zwar von beiden Seiten sichtbar, dennoch aber nur ein Auge ist, stieg eines Nachts vom Dach des Hauses herab und machte sich im Gestein auf die Jagd nach Eidechsen. Bei hellem Mondenschein tötete er sie mit eisernen Schnabelhieben. Er hängte sie im Viereck an die weiße Ostwand, die keine Fenster hat, und band sie an vielen Nägeln fest. Die größten befestigte er oben, die anderen weiter unten, je kleiner sie waren. Als die Eidechsen noch frisch waren, schämten sie sich, obwohl sie nicht mehr lebten, denn die kleine Drüse, die bei ihnen die Schamröte absondert, war noch nicht ausgetrocknet. Das Erröten heißt bei den Eidechsen allerdings ›Ergelben‹, denn wenn sie sich schämen, werden sie gelb und kalt.

Aber mit der Zeit trockneten sie unter der Sonne langsam aus und nahmen eine schwärzliche Farbe an. Ihre Haut zog sich zusammen und schrumpfte ein. Ihre Schwänze bogen sich nach Süden, denn auf dieser Seite hatten sie sich unter der Sonne stärker zusammengezogen als auf ihrer Nordseite, wohin die Sonne niemals scheint. Und so geschah es, daß die Eidechsen in der Haltung der Skorpione verharrten, alle nach der gleichen Seite gewandt, und nun, da sie die Farben und die Glätte ihrer Haut verloren hatten, schämten sie sich auch nicht mehr.

Und als noch mehr Zeit vergangen war, begann es zu regnen, und der Regen peitschte gegen die Wand, an der die Eidechsen hingen, durchnäßte sie tüchtig und zog aus ihren Häuten einen feinen Farbsaft, der wie schwarzgrüner Eisenrost aussah und an der Wand in Rinnsalen bis zur Erde hinunterlief. Ein kleiner Junge stellte unter jedes Rinnsal eine Büchse, und als die Regenzeit vorüber war, hatten sich die Büchsen mit diesem Saft bis an den Rand gefüllt. Er schüttete alle zusammen in eine Waschschüssel, um den Saft eintrocknen zu lassen.

Jetzt hatten die Eidechsen alles hergegeben, was sie an Farbe besaßen, und als die Sonne wieder schien, sah man an der Wand nur noch die weißen Skelettchen, die sich von der Tünche kaum abhoben, und die Häutchen, die zart und durchsichtig wie abgestreifte Schlangenhüllen waren.

Aber der kleine Junge war den Eidechsen mehr zugetan als dem Wetterhahn, und eines Tages, als sich kein Lüftchen regte und der Hahn sich darum nicht verteidigen konnte, stieg er aufs Dach, riß den Hahn dort los, warf ihn in die Esse und setzte den Blasebalg in Bewegung. In der feurigen Glut krähte der Hahn, als ob es stürmte, und wurde nacheinander rot, gelb und weiß. Als er merkte, daß er langsam weich wurde, krümmte er sich und klammerte sich mit den wenigen Kräften, die ihm noch verblieben waren, an eine große Kohle, um nicht ganz und gar zugrunde zu gehen. Der kleine Junge ließ von dem Blasebalg ab und schüttete einen Zuber Wasser auf das Feuer, das fauchend wie

eine Katze erlosch. Der Wetterhahn war nun für immer an das Kohlenstück gefesselt.
Der kleine Junge kehrte zu seiner Waschschüssel zurück und sah, wie auf ihrem Grund gleich feinem Schmutz ein bräunlicher Bodensatz übriggeblieben war. Im Laufe der Zeit war durch die Hitze, die herrschte, alles Wasser verdampft, und zurückgeblieben war nur ein wenig Pulver. Der kleine Junge zerrieb es und tat das Häufchen auf ein weißes Taschentuch, um die Farbe des Pulvers festzustellen. Und er entdeckte, daß es aus vier Farben bestand: Schwarz, Grün, Blau und Golden. Darauf nahm er ein Stück Seide und siebte das Gold aus, das am feinsten war. Durch ein Stück Leinen gab er das Blau, durch ein Sieb das Grün, und das Schwarz blieb übrig.
Von den vier feinen Pulvern benutzte er das erste, das Goldpulver, zum Vergolden von Türklinken. Mit dem zweiten, dem blauen Pulver, bastelte er sich eine kleine Sanduhr. Das dritte, grüne Pulver gab er seiner Mutter zum Färben der Fenstervorhänge. Und aus dem schwarzen Pulver machte er sich Tinte, um schreiben zu lernen.
Die Mutter war sehr zufrieden, als sie die Künste ihres Sohnes sah, und schickte ihn zur Belohnung in die Schule. Dort beneideten ihn alle Kameraden um seine Tinte, weil sie so glänzte und so schön war und weil sie einen Sepiaton ergab, wie man ihn nie zuvor gesehen hatte. Aber der kleine Junge lernte ein seltsames Alphabet, das niemand verstand, und mußte von der Schule abgehen, weil er, wie der Lehrer sagte, ein schlechtes Beispiel gab. Seine Mutter sperrte ihn mit Tinte, Feder und Papier in einem Zimmer ein und sagte ihm, er würde dort nicht wieder herauskommen,

bis er so wie die übrigen Kinder schreiben könnte. Doch sobald der kleine Junge sah, daß er allein war, holte er das Tintenfaß hervor und begann, in seinem eigenartigen Alphabet auf den Fetzen eines weißen Hemdes zu schreiben, der von einem Baum herabgehangen hatte.

II.

Wie jener kleine Junge sich aus seinem Zimmer stahl, und von dem Abenteuer, das er bestand

Es war das häßlichste Zimmer des Hauses, und dorthin war auch der Wetterhahn geraten, immer noch an seine Kohle geklammert. Eines Tages begann der kleine Junge mit ihm zu plaudern, und der arme Hahn sagte ihm mit seinem verbogenen Schnabel, er wüßte viele schöne Dinge, und wenn der Junge ihn befreite, wollte er sie ihn lehren. Daraufhin schlossen sie Frieden. Der kleine Junge machte die Kohle von ihm los und bog ihn zurecht. Plaudernd verbrachten sie Tag und Nacht. Der Hahn, der der ältere war, lehrte, und der kleine Junge schrieb alles auf den Fetzen des Hemdes. Wenn die Mutter kam, versteckte sich der Hahn, denn sie sollte nicht erfahren, daß ein Wetterhahn sprechen konnte.

Auf dem Dach des Hauses hatte der Hahn gelernt, daß das Rote an den Sonnenuntergängen Blut war, das sich zu dieser Stunde über den Horizont ergoß, um die Früchte und insbesondere die Äpfel, Pfirsiche und Mandeln reifen zu lassen. Von allem, was der Hahn ihn lehrte, gefiel dies dem kleinen Jungen am besten,

und er sann darüber nach, wie er von jenem Blut etwas bekommen könnte und wozu es wohl nützlich wäre.
An einem Tag, den der Hahn für gut befand, nahm der kleine Junge seine Bettlaken und drei Kupfertöpfe und stahl sich mit dem Hahn fort, um an den Horizont seines Fensters zu gehen. Sie erreichten eine flache Hochebene, an deren Rand sich der Horizont befand, den man von dem Hause aus in weiter Ferne sah. Und dort warteten sie, daß die Sonne sich neigte und das Blut sich verbreitete.
Langsam sahen sie eine rosa Wolke näher kommen. Dann umhüllte sie ein rötlicher Nebel, der einen säuerlichen Geruch, wie von Jod und Zitronen, ausströmte. Endlich wurde der Nebel durch und durch rot, und außer diesem Licht, das überaus dicht war und zwischen Karmin und Scharlachrot schwankte, war nichts mehr zu sehen. Hin und wieder zog ein hellerer Streifen vorüber, grün oder goldfarben. Der Nebel wurde immer röter, dunkler und schwerer und behinderte das Licht, bis sie sich schließlich von scharlachroter Nacht umfangen sahen. Da begann der Nebel Feuchtigkeit abzusondern und einen unsäglich feinen, leichten Staubregen fallen zu lassen, einen Regen aus Blut, der alles durchnäßte und rötete. Der Junge ergriff die Leinentücher, hielt sie in die Luft und schwenkte sie hin und her, bis sie ganz rot waren. Dann preßte er sie über den Kupfertöpfen aus und hielt sie abermals in die Luft, damit sie sich von neuem vollsogen. Und das tat er so lange, bis alle drei Töpfe gefüllt waren.
Inzwischen hatte der Nebel eine rötlichschwarze Farbe angenommen und bekam blaue Streifen. Der säuerliche Moschusgeruch verwandelte sich langsam in ei-

nen anderen, flüchtigeren Geruch, einen Duft wie von tierischen Veilchen. Das Licht wurde wieder stärker, und jetzt nahm der Nebel eine violette, schwarzblaue Farbe an, weil die blauen Streifen sich mit den übrigen Farben vermischt hatten. Die Feuchtigkeit ließ nach, und der Nebel wurde immer lichter. Der Duft von tierischen Veilchen verfeinerte sich und ging ins Pflanzliche über. Und während der Nebel sich lichtete, färbte er sich bläulichrosa und wurde immer heller, bis er schließlich zerriß und alles wieder sichtbar wurde. Der Himmel war weiß und klar, und die Luft strömte einen Duft wie von Lindenblüten und weißen Rosen aus. Unten sah man, wie sich die Sonne mit ihren karminroten und scharlachroten Nebeln entfernte. Es wurde dunkel. Die drei Kupfertöpfe waren bis an den Rand gefüllt mit einem überaus dichten roten, fast schwarzen Blut. Gemächlich brodelte es, und die großen, trägen Blasen zerplatzten ohne einen Laut, wie Küsse eines runden Mundes.

In dieser Nacht schliefen der kleine Junge und der Hahn in einer Höhle, und am nächsten Morgen wuschen sie die Leinentücher in einem Fluß. Das Flußwasser färbte sich, und wo immer es hinkam, wurde alles reif, ja geradezu faul. Eine trächtige Stute trank davon und wurde weiß und durchsichtig, denn ihr Blut und ihre Farben gingen auf das ungeborene Junge über. Dieses sah man springlebendig in ihrem Leib, wie in einer Laterne. Die Stute legte sich auf das Grün und gebar vor der Zeit. Dann erhob sie sich wieder und ging langsam von dannen. Bis auf ihr weißes Skelett schien sie nur aus Glas zu bestehen. Das zu früh geborene Junge lag ausgestreckt auf dem dünnen Gras und hatte sehr kräftige Farben. Es war in eine Wasserblase gehüllt, die von grünen und roten Äderchen durchzogen war und in einer dunkelvioletten Schnur endete, aus der die Flüssigkeit langsam herauslief. Das kleine Pferdchen war vollständig ausgebildet. Es hatte ein rotbraunes Fell und einen großen dicken Kopf mit hervorstehenden Augen und langen Augenbrauen, einen geschwollenen Leib und ganz zarte Beinchen, die in Hufen aus noch weichem Horn endeten. Die Mähne und der Schweif schwammen mit wellenförmigen Bewegungen in der Flüssigkeit der Blase, die klebrig wie Zuckerwasser war. Dort war das Pferdchen eingesperrt wie ein Fisch im Wasserglas. Unruhig bewegte es sich. Der Wetterhahn riß mit seinem Schnabel die Blase auf, und das Wasser ergoß sich über das Gras. Das Fohlen, das so groß wie eine Katze sein mochte, erwachte nach und nach, als ob es sich in Schlaftrunkenheit strecken müßte, und stellte sich auf die Beine. Seine Farben waren so kräftig und frisch, wie man sie nie zuvor gesehen hatte. Alle Farben der Stute waren in diesem kleinen Körper vereinigt. Mit einem Sprung lief das Fohlen plötzlich davon, um seine Mutter zu suchen. Die Stute legte sich hin, um es zu säugen. Weiß schimmerte die Milch in ihren gläsernen Eutern.

Der kleine Junge und der Wetterhahn gingen wieder nach Hause. Sie hatten die Kupfertöpfe bei sich und betraten das Haus über einen Balkon. Dann schütteten sie das Blut in einen Krug, und den Krug versiegelten sie. Die Mutter verzieh ihrem Sohn. Aber der kleine Junge sagte, er wolle Präparator werden, und so mußte man ihn bei einem fachkundigen Tierausstopfer in die Lehre geben.

III.

Wie der kleine Junge nach Guadalajara kam und Alfanhuí genannt wurde, und von den Dingen und Personen, die er im Hause seines Meisters fand

Der Präparator lebte in Guadalajara. Also ging der kleine Junge nach Guadalajara und suchte seines Meisters Haus. Dieser wohnte in einem gewölbten Gang, der keine Fenster hatte und von Öllampen, die an den Wänden hingen, beleuchtet wurde. Der Gang wurde in seiner ganzen Länge von einem Arbeitstisch eingenommen, und auf dem Tisch lagen unzählige Werkzeuge aus Eisen, Holz und Messing. Der Gang hatte zwei niedrige Türen und mündete in einen eher kleinen achteckigen Raum, der durch ein grünes Fenster in der Decke sein Licht empfing.

Mit sehr ernsten Augen schaute der Meister den Jungen von oben bis unten an und sagte:

– Na du? Du hast ja genau solche Augen wie die Rohrdommeln. Ich werde dich Alfanhuí nennen, denn das ist der Name, mit dem die Rohrdommeln einander rufen. Verstehst du etwas von Farben?

– Ja.

– Was denn?

Der Junge erzählte, was er mit dem bunten Rost der Eidechsen gemacht hatte, sagte aber nichts von dem Blut. Denn der Hahn hatte ihm geraten, zu niemandem davon zu sprechen, war er doch der erste, der es sich beschafft hatte.

– Das ist ja schon ganz schön.

So sprach der Meister. Der Meister öffnete eine der Türen. Ein kleines Zimmer wurde sichtbar. Im Hintergrund erblickte man ein Fensterchen aus bunten, ungleich geschnittenen und in Zinn eingefaßten Butzenscheiben. Die Wände waren bis zu halber Höhe mit dunkel gebeiztem Nußbaumholz verkleidet. Das Bett war hoch und schmal, und die Pfosten an den vier Ecken waren mit goldenen Kugeln verziert. Auf jeder Kugel saß ein Vogel. Rechts und links vom Kopfende wachten eine Amsel und ein Bienenvogel, am Fußende ein Brachvogel und ein Kiebitz. Das Zimmer beherbergte aber auch sonst noch viele Vögel, vor allem einen großen Reiher.

– Hier wirst du schlafen. So sprach der Meister.

In dem Hause wohnte auch eine Dienstmagd, die immer dunkel gekleidet war. Einen Namen hatte sie nicht, denn sie war taubstumm. Sie bewegte sich auf einem Brett mit vier hölzernen Rädern, und sie war ausgestopft, aber hin und wieder lächelte sie.

Vor dem Haus und auf der einen Seite lag schließlich noch ein Gärtchen, das von der Straße durch einen niedrigen, grün angemalten Holzzaun getrennt war.

Abends pflegte der Meister Geschichten zu erzählen. Sobald er zu erzählen begann, zündete die Dienstmagd das Kaminfeuer an. Die Dienstmagd kannte alle Geschichten. Wurde die Geschichte spannender, fachte sie das Feuer an, wurde sie eintönig, ließ sie es zurückgehen. An aufregenden Stellen warf sie wieder Holz in das Feuer, bis die Geschichte sich ihrem Ende zuneigte und sie es langsam erlöschen ließ.

Eines Abends ging das Holz früher als die Geschichte zu Ende, und der Meister konnte nicht fortfahren.

– Verzeih mir, Alfanhuí.

So sprach er und ging zu Bett. Niemals erzählte er Geschichten, wenn er nicht am Feuer saß, und am Tage sprach er kaum.

IV.

Von einem nächtlichen Abenteuer und den Krankheiten der Dienstmagd

Unter dem Haus befand sich ein feuchtes viereckiges Kellergewölbe. An seinen vier Wänden hingen einzelne Teile von Tieren: Pfoten, Köpfe, Schnäbel, Schwänze, Hörner, Hufe und so weiter. Es schienen Abfälle zu sein, die bei der Arbeit übriggeblieben waren. Sonst war nichts weiter zu entdecken.
Eines Nachts drang eine weiße Katze in das Haus und schlich sich in den Keller. Sie begann in der Finsternis umherzulaufen und konnte den Ausgang nicht wieder finden. Sie versuchte an der Wand hinaufzuklettern und stieß auf die erste Beute. Als sie mit Federn in Berührung kam, gab sie ein Miauen und wütendes Fauchen von sich, so daß der Meister und Alfanhuí erwachten. Beide stiegen mit einer Laterne in den Keller hinab und fanden die Katze. Sie hielt einen Schwanenhals mit Kopf und allem, was dazugehört, im Maul. Der Schwanenhals machte Verrenkungen, als wäre er noch lebendig, und hieb mit dem Schnabel auf die Stirn der Katze ein, weil diese auf seine Sehnen biß. Die Katze aber hatte Angst und wußte nicht, wie sie ihn wieder loslassen sollte. Sie sprang in großen Sätzen gegen die Wände, und gelbe Funken sprühten, wenn ihre Krallen gegen die Steine stießen. Der Meister gab der Dienstmagd durch Zeichen zu verstehen, sie solle

die Katze packen. Dazu trug er sie auf den Armen in den Keller hinunter, da sie mit den Rädern ja nicht allein hinabgehen konnte. Ohne Zaudern ergriff sie die Katze. Diese ließ den Schwanenhals los und biß die Magd ins Handgelenk. Dabei raschelte das Handgelenk wie Pergament, und die Dienstmagd verzog keine Miene. Der Meister hob sie wieder auf seine Arme und trug sie in die Wohnung hinauf. Alle gingen wieder ins Bett, und die Magd legte sich hin, ohne die Katze loszulassen, die während der ganzen Nacht um sich schlug. Am nächsten Morgen war die Magd völlig zerstückelt. An Armen, Brust und Hals war ihre Haut zerkratzt und zerfleddert, und die Polsterung quoll aus ihr hervor.
Aus der Katze machten sie Stricke für Gewichte von Pendeluhren, aus ihren Krallen einen Striegel zum Kämmen von Fellen, aus ihrem Skelett einen kleinen Käfig für Mäuse, und aus der Haut fertigten sie eine kleine Trommel an. Und die Dienstmagd pflegten sie wieder gesund. Der Meister stopfte die Watte wieder in sie hinein und nähte ihr einige Flicken aus der noch frischen Katzenhaut auf. Dann erst, auf dem Körper der Dienstmagd, gerbte er die Flicken. Nur den Kopf der Katze präparierten sie und stellten ihn in dem Schaufenster aus.
Die Flicken der Dienstmagd waren bald getrocknet, und sie wurde wieder ganz gesund. Aber ein andermal ließ man sie im Regen stehen, und sie weichte auf. Auch davon genas sie wieder, doch war sie nun noch trockener und schrumpfte noch mehr zusammen. Einige Zeit später erkrankte sie an Gelbsucht und wurde ganz und gar grün.
So schleppte sich die Dienstmagd von einem Leiden

zum anderen, bis sie eines Tages starb. Alfanhuí und sein Meister begruben sie im Garten und errichteten ihr einen mit Essig gravierten Gedenkstein, auf dem zu lesen war:

STUMM UND ENTSAGEND

V.

Wie Alfanhuí lernte, das Feuer anzuzünden, und die lange Geschichte, die der Meister ihm erzählte

Nach dem Tod der Dienstmagd wurde das Feuer nicht wieder angezündet. Der Meister verharrte in Trübsal, und Alfanhuí wagte nichts zu sagen. Doch eines Tages sah er, daß den Meister fror, und da fragte er ihn:
– Meister, soll ich dir Feuer machen?
Einen Augenblick war der Meister überrascht, doch dann stimmte er zu. Alfanhuí kannte das Brennholz. Er wußte, welche Hölzer traurige Flammen und welche fröhliche Flammen ergaben, welche in kräftigen, düsteren und welche in hellen, tänzelnden Flackerfeuern aufgingen. Er wußte von Hölzern, deren Loderasche weiblich war und den Schlaf der Katzen erwärmte, und wiederum von anderen, deren Loderasche männlich und für die Rast der Jagdhunde geeignet war. Alfanhuí hatte zu Hause bei seiner Mutter das Brennholz zu unterscheiden gelernt. Auch dort wurde Feuer angezündet, und so wußte er, daß das Feuer seines Meisters wie das Feuer seiner Oheime von der mütterlichen Seite war, Reisende, die gewöhnlich mit grauem Anzug kamen. So erschien Alfanhuí mit einem Armvoll Brennholz, das er ausgesucht hatte, und legte

das Feuer an. Von seinem Stuhl aus schaute ihm der Meister zu. Er sah, wie der Junge am Kamin hockte und aufmerksam bei der Arbeit war, und er betrachtete seine ruhigen Augen, kalte Augen einer Rohrdommel. Und er sah schließlich, wie sich lebhaft und vergnügt Alfanhuís erste Flamme entzündete. Da trat ein Glanz in seine Augen, und ein Lächeln umspielte seine Lippen. Dann sagte er:

– Nie habe ich gedacht, Alfanhuí, daß du mir einmal so gut Gesellschaft leisten würdest. Zu deinem ersten Feuer, Alfanhuí, will ich dir meine erste Geschichte erzählen.

Und er hatte Freude daran, Alfanhuís Namen immer wieder auszusprechen, weil er es war, der ihn ihm gegeben hatte. Dann begann die Geschichte.

– Als ich klein war, Alfanhuí, verfertigte mein Vater Öllampen. Er arbeitete den ganzen Tag und machte eiserne Schnabellampen für die Hütten und Lampen aus vergoldetem Messing für die Paläste. Er stellte tausend und abertausend verschiedene Arten von Lampen her. Auch besaß er die besten Bücher, die über Lampen geschrieben waren. In einem von ihnen war die Rede von dem ›Geäderten Stein‹. Dies war ein Stein, von dem gesagt wurde, er wäre außerordentlich hart, doch so porös wie ein Schwamm, und er hätte die Größe eines Eis und die Form einer Mandel. Dieser Stein besaß die Fähigkeit, sieben Krüge Öl aufzusaugen. Man legte ihn in einen Krug, und am nächsten Morgen war alles Öl verschwunden, doch der Stein hatte die gleiche Größe wie zuvor. Wenn der Stein aber sieben Krüge geleert hatte, mochte er nicht mehr. Dann genügte es, einen Docht an ihm zu befestigen und anzuzünden, und schon gab er eine Flamme, weiß wie Milch, die ewig brannte. Wenn man wollte, konnte man die Flamme auch löschen. Wollte man jedoch das Öl aus dem Stein zurückhaben, vermochte nur eine Eule es wieder aus ihm herauszuziehen und ihn schließlich so trocken werden zu lassen, wie er vorher gewesen war. Mein Vater sprach immer wieder von diesem Stein, und nichts auf der Welt hätte er so sehnlich gewünscht, wie ihn zu besitzen. Nun pflegte mich mein Vater häufig auf die Wanderschaft zu schicken, damit ich die Farben der Dinge kennenlernte, und manchmal dauerte es viele Tage, bis ich zurückkehrte.

Eines Tages machte ich mich wieder auf den Weg. Ich trug einen Stecken über der Schulter und am Ende des Steckens ein Tuch mit Wegzehrung. Ich ging einen Kalkweg entlang, der zwischen Staubhügeln lag. Kein Grashalm war zu sehen, nur ein paar trockene Bäume, in denen sich die Elstern niederließen. Auch gab es in dieser Gegend viele Gruben, Lumpen und Scherben von irdenen Töpfen, Räder und einzelne Teile von Karren, und noch unzählige Abfälle mehr, denn alles, was zerbrach, wurde an dieser Stätte fortgeworfen. Fast niemand kam des Weges. Es war nämlich ein sehr heißer Tag, und dort brannte die Sonne unbarmherzig, obwohl der Sommer noch nicht begonnen hatte.

In der Ferne entdeckte ich eine Gestalt, die auf einem Stein am Rande des Weges saß. Beim Näherkommen sah ich, daß es ein Bettler war. Und er sprach mich an: »Gib mir von deinem Vesperbrot.«

Er machte mir auf dem Stein ein wenig Platz, und wir begannen zu essen. Da bemerkte ich erst richtig, wie er aussah. Er trug dunkle Hosen, die bis zur Mitte seiner Waden reichten, und ein braunes Wams, aus dem die nackten Schultern und Arme ragten. Aber seine Haut sah aus wie die Erde des Feldes, hatte die gleiche Art und die gleiche Farbe. Anstelle von Haaren wuchs ihm ein dichtes Moosbüschel auf dem Kopf, und in seinem Scheitel beherbergte er ein Lerchennest mit zwei Jungen. Die Mutter flatterte um seinen Kopf herum. In seinem Gesicht wuchs ein Bart aus winzigem Gras. Dazwischen wimmelte es von Margeriten, die klein wie Stecknadelköpfe waren. Auch auf dem Rücken seiner Hände blühte es. Seine Füße waren Wiesen. Ihnen entwuchsen zwergenhafte Geißblattpflanzen, die sich an seinen Beinen wie an kräftigen Bäumen hinaufrankten. Von der Schulter hing ihm eine seltsame Flöte.

Er war ein robuster und fröhlicher Bettler und erzählte mir, überall sprösse es aus ihm, weil er so viel unterwegs und der Sonne und dem Regen so sehr ausgesetzt wäre und niemals ein Dach über dem Kopf hätte. Er sagte mir, im Winter wüchsen auf seinem ganzen Körper Moos und andere Pflanzen, die guten Schutz böten, wie jetzt auf seinem Kopf, doch wenn der Frühling käme, trockneten dieses Moos und diese Pflanzen wieder ein und fielen von ihm ab, um dem Gras und den Margeriten Platz zu machen. Dann erklärte er mir, was es mit der Flöte für eine Bewandtnis hatte. Er sagte, mit ihr verhielte es sich umgekehrt wie mit gewöhnlichen Flöten, und man müßte sie mitten im lautesten Getöse spielen, denn im Gegensatz zu den anderen, bei denen das Schweigen den Hintergrund und der Klang die Tonfolge ausmacht, bilde bei seiner Flöte das Geräusch den Hintergrund und das Schweigen die Melodie. Er spielte sie mitten in den heftigsten Unwettern, zwischen Donnerschlägen und Regengüssen, und entlockte ihr Töne des Schweigens, die zart und leicht wie

Nebelschleier waren. Und niemals hatte er vor irgend etwas Angst.

Ich verbrachte den Nachmittag im Gespräch mit ihm, und die Nacht brach über uns herein. Der Bettler lud mich ein, in seinem Baumstumpf zu übernachten. Wir mußten eine Weile gehen, bis wir den Baum erreichten. Er war groß und barg in seinem Innern viele Dinge, die man nicht genau erkennen konnte. Die Höhlung in dem Baumstamm war ungewöhnlich hoch und stieg kegelförmig an. Das Holz bildete Auswüchse, die wie Lamellen von Pilzen aussahen und deren Kanten nach innen gerichtet waren. Hoch oben sah man die blaue, sternenklare Nacht.

Der Bettler zündete eine Schnabellampe an, und ich sah ein weißes, leuchtendes Flämmchen. Es war der ›Geäderte Stein‹. Da erzählte ich ihm, wie sehnlich sich mein Vater diesen Stein immer gewünscht habe, und der Bettler war so großzügig, ihn mir zu geben. In jener Nacht vermochte ich kaum zu schlafen, und am nächsten Morgen machte ich mich auf den Heimweg. Zu Hause angekommen, rief ich laut: »Vater, Vater!«

Doch als ich in das Zimmer meines Vaters trat, sah ich, daß er gestorben war. Alle standen still um ihn herum und schwiegen. Sie blickten nicht einmal auf, als ich eintrat. Mein Vater lag ausgestreckt auf einem Tisch, in ein weißes Tuch gehüllt, und man sah nur sein Gesicht. Er hielt den Mund geöffnet wie ein alter Fisch, und das Licht von vier Öllampen glänzte in dem glasigen Schlitz seiner halbgeschlossenen Augen. Diesen Anblick konnte ich nicht länger ertragen. Ich brach in Tränen aus und vergrub mein Gesicht in einem violetten Vorhang, der in unserem Hause hing. Es war der Vorhang, in den ich immer weinte.

Der Meister hob den Blick und sah in das Feuer, das Alfanhuí für ihn angezündet hatte. Dann fuhr er fort:

– Einige Tage darauf, nachdem man ihn beerdigt hatte, suchte ich die schönste Lampe aus, die ich finden konnte, und versah sie mit dem ›Geäderten Stein‹. Dann trug ich sie auf den Friedhof.

Mein Vater ruhte in einem unterirdischen Gewölbe. Dort lag er in einem gläsernen Sarg. Ohne daß mich jemand sah, trat ich ein und hängte die Lampe zu seinen Häupten an die Wand. Dann zündete ich sie mit einer anderen an, die ich bei mir trug, und betrachtete das Antlitz meines Vaters im Licht des weißen Flämmchens.

Der Meister schwieg und blickte zu Alfanhuí hinüber, der neben dem Kamin auf dem Fußboden saß. Das Feuer war nur noch ein Häufchen glimmender Asche. Der Meister erhob sich von seinem Stuhl und ging zu Bett. Nachdenklich verharrte Alfanhuí am Feuer und stocherte mit einem Stock in der Glut.

VI.

Von den Dingen im Mondgarten, in dem fast alles wie Silber war

Der Garten des Hauses bestand aus zwei Teilen, dem Sonnengarten und dem Mondgarten. Der erste lag vor dem Haus, gegen Mittag, und der andere, auf den man durch Alfanhuís Fensterchen blickte, an der Ostseite. Alfanhuí mochte den Mondgarten lieber, denn seine Haut war so weiß wie das Licht des Mondes. In hellen

Mondnächten setzte er sich auf die Fensterbank und schaute in den Garten.
In dem Garten stand ein Kastanienbaum, und außerdem ein silbern schimmernder Olivenbaum, in dessen knorrigem Stamm zwei weiße Nagetiere wohnten. Sie hatten leuchtende Augen und hielten sich wie Eichhörnchen stets verborgen. Nachts sah man ihre blanken Augen zum Vorschein kommen und wieder verschwinden. Es war anzuschauen wie die Leuchtreklamen in den großen Städten: zuerst ein kleines Licht, dann zwei, drei, vier. Drei, zwei, eins, und schon war es wieder vorbei. Dann die vier kleinen Lichter alle auf einmal, an einer anderen Stelle des Olivenbaums. Und so die ganze Nacht lang, ohne daß man irgendeinen Laut vernahm. Oft geschah es, daß Alfanhuí den Garten und das Spiel der Nagetiere so lange betrachtete, bis der Mond unterging.
Auch gab es in dem Garten einen weißen Markstein mit einem Metallring und einer schwarzen Kette, die auf dem Boden schleifte. In der Mitte des Gartens befand sich ein kleiner runder Springbrunnen, dessen Wasserstrahl nur in schwülen, trockenen Gewitternächten aufstieg und sprudelte. Dann tötete das Wasser die Libellen und Insekten, die der Wind von Flüssen und Seen, die er ausgetrocknet hatte, mit sich brachte. Und wenn das Wasser an der Oberfläche des Brunnens kleine Wellen schlug, sah man deutlich den Glanz des Silbersandes, der auf dem Grund des Bekkens lag. Auch war die Dienstmagd in einem Winkel dieses Gartens begraben. Den Hintergrund nahmen eine hohe Mauer und ein verlassenes Blumengewächshaus mit staubbedeckten Glasscheiben ein. In dem Gewächshaus wucherte das Unkraut. Dort lebte eine sil-

berne Schlange, die nur nachts herauskam, um an einer lichten Stelle des Gartens im Mondschein zu baden. Alfanhuí mochte diese Schlange sehr gern, und er hatte große Lust, sie zu fangen.

Alfanhuí wußte, daß Gold und Silber zueinander gehören wie Apfelsinen und Zitronen, und so kam es ihm in den Sinn, drei kleine goldene Ringe zu verfertigen, die ein wenig weiter als der Leib der Schlange waren. An jeden Ring knüpfte er einen Faden und wartete dann, daß es Vollmond würde.

Eines Tages stellte er, als es dunkel wurde, die Ringe auf: den ersten in das Loch, durch das die Schlange herauszukommen pflegte, den zweiten etwas weiter davor und den dritten in die Mitte der lichten Stelle, an der die Schlange im Mondschein badete. Er selbst stellte sich vorsichtig hinter seinem Zimmerfenster auf die Lauer, hielt die drei Fäden in der Hand und wartete. Am Horizont ging ein großer roter Mond auf. Langsam wurde er weiß, je höher er stieg. Alfanhuí stand unbeweglich da. Als der Mond vollends weiß war, steckte die Schlange den Kopf heraus und schlängelte sich in den ersten Ring. Nach und nach kam sie ganz hervor, sah sich mit erhobenem Kopf nach allen Seiten um und pfiff mit ihrer gegabelten Zungenspitze. Alfanhuí blieb unbeweglich stehen. Zuerst glitt die Schlange in den Ring hinein und bewegte ihn nicht von der Stelle, doch als sie mit ihrem Körper die erste S-förmige Kurve beschrieb, blieb er in der Mitte ihres Leibes hängen. Alfanhuí wagte nicht zu atmen. Bei der nächsten Kurve schlüpfte die Schlange in den zweiten Ring und schleppte ihn mit sich fort wie den ersten. Schließlich glitt sie in den dritten Ring. Unbeweglich schaute Alfanhuí vom Fenster aus zu und hielt die drei

Fäden in der Hand. Die Schlange hielt inne, und die drei auf ihren Körper gereihten Ringe vereinigten sich in der Mitte ihres Leibes. Als sie einander berührten, zogen sie sich zusammen und legten sich, als wollten sie die Schlange umarmen, eng an ihre Taille. Die Schlange war gefangen. Langsam zog Alfanhuí an den drei Fäden und zerrte sie zum Fenster. Unter der Umarmung der drei kleinen goldenen Ringe schlief die silberne Schlange wollüstig ein. Alfanhuí rollte sie in ein rundes Glaskästchen, ohne ihr die drei Ringe abzunehmen. Starr und glänzend wie silbernes Metall verharrte die Schlange in dumpfer Lethargie. Ihr Körper war über und über mit winzigen Schuppen bedeckt, und wenn Alfanhuí seinen Fingernagel gegen den Strich über sie hinweggleiten ließ, erklang ein feines ›Dring...! Dring...!‹

Alfanhuí löste die drei seidenen Fäden und schloß das Glaskästchen. Der Mond, der durch das halbgeöffnete Fensterchen schien, erhellte Alfanhuís Antlitz. Dieser betrachtete die silberne Schlange in seinen Händen und lächelte. Dann verwahrte er das Kästchen an einer dunklen Stelle und legte sich schlafen.

VII.

Von dem Wind, der eines Nachts wehte, und von den Visionen, die Alfanhuí dabei hatte

In einer Regennacht ging ein ferner Wind über dem Garten nieder. Alfanhuís Fenster stand offen, und der Wind brachte die Flamme seiner Lampe zum Flackern. An den Wänden zitterten die Schatten der Vögel. Zuerst bewegten sie sich unbestimmt und flüchtig, wie in einem plötzlichen Erwachen. Von seinem Bett aus sah Alfanhuí, wie diese Schatten über die Wände und über die Decke huschten, wie sie sich in den Ecken brachen und einander überkreuzten. Es kam ihm so vor, als ob sein kleines Zimmer größer und größer würde und sich schließlich in einen riesigen Saal verwandelte. Auch die Schatten der Vögel wurden größer und vervielfältigten sich im flackernden Schein seiner Öllampe. Immer heftiger stürmte der Wind zum Fenster herein und trug gleichsam die Musik von Flüssen und vergessenen Wäldern in den Raum.

Nach dem Takt dieser Musik ließ die Flamme die Schatten der Vögel tanzen. Wie Phantasmen oder Marionetten von Vögeln begannen sie die geheimen Tänze zu tanzen, die Urtänze ihrer Art, und an der hohen Decke zeichnete sich ein prächtiges Rad von Flügeln und Schnäbeln ab. Ein schillerndes Rad, leuchtend und flüchtig, das sich drehte und drehte und den toten Schatten die alten Farben der Vögel wiedergab. In der Mitte tanzte der Reiher mit den chinesischen Augen. Er bewegte seinen Schnabel in einem stolzen Rhythmus und schlug so den Takt zum Tanz aller anderen Vögel. Und der Wind schien Regenböen in seine Augen zu schleudern. Die ausgestopften Vögel hatten inzwischen ihre Gestelle verlassen, als hätte der Regen ihnen das Leben zurückgegeben, und waren zu ihren Schatten geflogen, die an der Saaldecke tanzten.

Der Nebel des Schweigens und der Einsamkeit zerriß, und vergessene Visionen erwachten, als die Musik des Windes und des Regens sich mit den toten Farben der Vögel fand. Inmitten des Vogelrades schien sich in der Decke ein Kreis zu öffnen, in den alle Urfarben zurück-

kehrten. Die tausend verschiedenen Grüns der Wälder, das Weiß der Wasserfälle, und, aus dem Reich der Stelzvögel, das Rosa und Aschgrau der Sümpfe, mit einer roten Sonne dicht über dem Wasser, die auf der schlammigen und blutroten Oberfläche flimmerte. Unterhalb des maulbeerfarbenen und gelben Röhrichts glänzte der schwarze Ufermorast. Die Ufer waren mit kleinen Wurzeln bedeckt, die sich zwischen tausend Spuren verschiedenster Vögel entlangschlängelten. Es kehrten die weißen Salzgruben der Wattenmeere wieder, und mit ihnen die Vögel der Salzmeere, die ihren langen Schnabel in den Schlick tauchen. Und die Meersonne der Möwen und Albatrosse, die auf eine Wüste aus Sand und Muscheln prallt. Das Blau der Städte kehrte wieder, und die Schwalben, die die Turmbögen aufreihen und mit den Fäden ihres Fluges Glockenturm für Glockenturm aneinandernähen. Auch öffnete der Wind ein Buch mit getrockneten Pflanzen und begann, die Seiten umzublättern. Die Blumen wurden feucht und lebten wieder auf. Sie rankten an den Wänden des Saales empor, überwucherten alles und bildeten eine dichte Laube, die blühte und voller Nester war. Und aus den Nestern kamen Vögel, die ebenfalls zu dem leuchtenden Kreis an der Decke flogen.
Alfanhuí hätte nicht sagen können, ob in seinen Augen eine finstere Einsamkeit und in seinen Ohren ein unergründliches Schweigen war, denn jene Musik und jene Farben stammten aus dem anderen Bereich, aus dem niemals die Erkenntnis der Dinge kommt. Der erste Tag war hinter die letzte Mauer der Erinnerung entrückt, wo die andere Erinnerung ihren Ursprung nimmt, die unermeßliche Erinnerung an die unbekannten Dinge.

Und die Vögel tanzten, tanzten die Urtänze ihrer Art, und die Wege der Zugvögel kreuzten sich wieder an den heiligen Flüssen. Am Euphrat, am Nil, am Ganges, an den Flüssen Chinas mit ihren bunten Namen. Die ganze vielfarbige Geographie der Zugvögel kehrte zurück, das Licht der alten Länder.

Dann verschwand der leuchtende Kreis der Visionen, und an den Wänden tanzten wieder die Schatten, jetzt dunkel und bewegt wie ein Hexentanz, zu den stummen Schlägen einer undeutlichen Trommel. Wie ein Tanz von starren Phantasmen mit langen, ungelenken Beinen. Schneller, immer schneller. Und der Saal schloß sich, und die Wände rückten Alfanhuí wieder näher. Um die Flamme der Lampe herum wurden der Tanz und die Schatten kleiner und kleiner. Die Schatten kamen wie graue Schmetterlinge zurück und verbrannten ihren feinen Staub in der Flamme. Es war der Staub, den der Wind aus den trockenen Federn der Vögel aufgewirbelt hatte, und seine unzähligen Teilchen wurden für einen Augenblick weißglühend und wiederholten im Brennen jede Farbe, lebendig und den Visionen fern, um sich von neuem in dem einfachen, kleinen Lampenlicht zu verlieren. Alles zog sich wieder in sich zurück. Der Wind hatte nachgelassen. Die Schatten wurden ruhig und starben an den grauen Wänden. Die Vögel starben in dem eitlen Glanz ihrer Glasaugen, und das letzte Öl stieg in die Flamme, matt, in den Fäden des Dochts ertrinkend. Die Flamme nahm ab, knisterte in den letzten Staubteilchen und war bald ein rauchendes Fünkchen, das nur noch mühsam auf dem goldenen Messing der Lampe glänzte. In der Luft hing der sterbende, düstere Geruch des verbrannten Öls, und alles erlosch. Jetzt herrschte ein schwereloses Schweigen, das nur zu warten schien auf eine helle, einsame Stimme, auf ein Morgenlied oder die Schritte eines Jägers.

VIII.

Was Alfanhuí auf dem Dachboden entdeckte und wie er dort einschlief

Zum Boden führte eine kurze Wendeltreppe hinauf. Dort war ein flimmerndes Licht, das durch das staubige Glas der Dachluke fiel. Es war ein schräger Strahl, in dem die feinen Staubteilchen, die durch den Raum irrten, wie Sterne glänzten. Wo Schatten herrschte, war es sehr warm, und man hörte, wie sich die Dachziegel unter der Sonnenglut streckten. Der Boden roch muffig und lag in tiefem Schlaf. Alfanhuí spürte, daß ein Regen von Staub, der wie unsichtbarer Schnee herabrieselte, auf seine Augenwimpern fiel. An einer Stelle, wo es durchgeregnet hatte, sah man auf dem hölzernen Fußboden eine ausgetrocknete Pfütze. Sie glich dem Grund eines Sees zur Sommerzeit und enthielt einen rötlichen Lehm aus Ziegelstaub, den die Regentropfen mit der Zeit ausgewaschen und dort in feinen, winzigen Mengen angeschwemmt hatten. Diese kleine Pfütze war unter dem Sonnenstrahl der Dachluke ausgetrocknet. An ihren welligen Rändern sah man die stufenförmigen Linien, die der Wasserspiegel im Laufe von regenarmen und regenreichen Jahren hinterlassen hatte. Inmitten der Pfütze stand ein Stuhl, dessen vier Beine ein wenig in dem Lehm eingesackt waren. Es war ein Stuhl aus poliertem Kirschbaumholz, und seine klare rote Farbe erinnerte an Bordeauxwein. Die vier Beine hatten in der angeschwemmten Erde der Dachziegel Wurzeln geschlagen, Wurzeln, die sich über den ganzen Grund der Lache ausbreiteten. Sie wuchsen kreuz und quer wie ein Spinngewebe, um das wenige Wasser, das dort fiel, begierig aufzusaugen. Begierig auch nach dem Lichtstrahl, der durch die Dachluke fiel, stand der Stuhl dem kleinen Fenster zugewandt, und die Sonne zitterte auf den Masern des Holzes, als ob durchblutete Adern die Querleisten entlangliefen. Der ganze Stuhl machte einen verschlafenen und verwaisten Eindruck, er schien keinen anderen Laut zu hören als draußen das gedämpfte Piepen irgendeines Vogels, der sich hinter den verstaubten Glasscheiben niederließ. Vom Boden aus konnte man seine Silhouette sehen, verwischt durch die Regenflekken, die sich auf den Scheiben abzeichneten, aber niemals schaute jemand vom Dach aus nach, was es auf dem Boden gab. Da waren nur ein paar grüne Zweiglein mit Blättern und Kirschen, die aus den beiden Enden der Stuhllehne wuchsen. Die Kirschen waren reif und mit Staub bedeckt, aber dennoch spiegelte sich im kleinen der ganze Bodenraum auf ihrer runden Oberfläche. Es waren vier Paar kleine, dunkle Kirschen, und sie baumelten lustig über den grünen Blättern.

Alfanhuí setzte sich auf den Stuhl und legte unversehens seinen Kopf zwischen die beiden Kirschzweige. Die Zweige umgaben seine Schläfen wie eine Krone, und die Kirschen schienen von seinen Ohren herabzuhängen und wirkten neben seinem kastanienbraunen Haar wie Ohrringe aus dunklen Rubinen. Durch die Dachluke erblickte Alfanhuí den Himmel und die goldene Sonne der Mittagsstunde. Er schloß die Augen und sah, wie sich auf der durchscheinenden Haut seiner Augenlider mit hellen Punkten das Lichterspiel abzeichnete, das die Sonne auf dem Grund seiner Pupillen zurückgelassen hatte. Doch unaufhörlich fiel und fiel der Staub auf seine Augenwimpern, und so schlief Alfanhuí ein.

IX.

Von Männern, die auf dem Strohboden waren

Als Alfanhuí erwachte, war es schon Nacht geworden. Der Mond stand noch nicht hoch genug, um durch die Dachluke zu scheinen, und alles lag in tiefem Dunkel. Alfanhuí schaute sich um und gewahrte dicht an der Wand auf dem Fußboden einen mattgoldenen Lichtschimmer. Es war die Tür zum Strohboden, die er vorher nicht entdeckt hatte. Von dort kam ein ganz leises Murmeln. Schweigend erhob sich Alfanhuí von seinem Stuhl und öffnete die kleine Tür. Der Strohboden war ein langer Speicher und bis unter das Dach mit Stroh gefüllt, so daß zwischen den beiden Haufen gerade noch ein schmaler Gang frei blieb. Im Hintergrund flogen durch ein Guckloch im Dachgiebel Fledermäuse ein und aus. Aber das Licht befand sich auf dem Fußboden. Es kam von einer kleinen Laterne mit vier Glasscheiben und warf einen goldenen Schein auf das Stroh. Neben der Laterne erblickte Alfanhuí zwei Männer. Sie saßen auf dem Boden und beugten sich über ein weißes Tuch, als ob sie Karten spielten. Alfanhuí blieb eine Weile an der Tür stehen und schaute sich das alles an. Die Männer sprachen sehr leise und schienen Geld zu

zählen. Alfanhuí ging den schmalen Gang entlang und blieb neben ihnen stehen. Es waren zwei düstere, unrasierte Gestalten. Der eine trug eine abgeschabte Mütze, der andere einen schwarzen Spitzhut aus weichem Filz. Auf dem Tuch lagen einige Goldmünzen, andere hielten die Männer in ihren Händen, und wieder andere klaubten sie aus ihren Taschen. Sie warfen die Münzen auf das Tuch, und einer von ihnen zählte: »Hundertdreiundzwanzig, hundertvierundzwanzig ...«
Als Alfanhuí dazukam, sagte der mit dem Hut, fast ohne den Kopf zu heben:
– Geh fort, du darfst uns nicht sehen.
Und er zählte weiter. Alfanhuí fragte:
– Wer seid ihr?
– Geh fort, du darfst uns nicht sehen.
– Ich bin euer Freund.
– Wenn du unser Freund bist, so geh fort. Niemand darf uns sehen, denn wir sind Räuber.
– Ich bin aber auch ein Freund der Räuber.
– Nicht einmal Freunde dürfen die Räuber sehen, wenn sie in ihrem Versteck sind.
– Erzählt mir, was ihr tut, ich werde es auch niemandem weitersagen.
– Wir sind Korndiebe. Wir zählen Goldmünzen, immerzu zählen wir, seit vielen Jahren stehlen wir nicht mehr, seit vielen Jahren gehen wir nicht mehr fort von hier, dies ist unser Versteck.
– Aber warum zählt ihr Goldmünzen, wenn ihr Korndiebe seid?
– Das Korn tauscht man gegen Gold, und Gold gegen Korn.
– Und warum seid ihr hier?
– Uns gefällt dieser Platz so gut, weil es hier Stroh

gibt, und das Stroh ist so gut wie Gold oder Korn. Am Tage hören wir auf zu zählen und schlafen im Stroh.

– Warum stehlt ihr jetzt nicht mehr?

– Weil wir schon genug haben; dies haben wir gestohlen, als wir jung waren, aber mehr wollen wir nicht und zählen nun Nacht für Nacht, was wir haben.

– Wie heißt ihr?

– Ich heiße ›El Bato‹ und bin der Hauptmann. Und das ist ›Faulo‹, er ist stumm, aber er hört alles schon von weitem und sieht nachts so gut wie die Eulen. Außerdem kann er Pfiffe umbiegen und um die Ecken schicken, so daß man sie in der anderen Straße hört.

– Und wie viele Münzen habt ihr?

– Es ist eine ungerade Zahl, und die überzählige Münze gehört mir, weil ich der Hauptmann bin. Faulo neidet sie mir, aber er gehorcht mir.

El Bato machte auf dem schwarzen Mantel, auf dem er saß, etwas Platz für Alfanhuí und sagte zu ihm:

– Setz dich hierher.

Alfanhuí setzte sich und betrachtete Faulo. Der hatte muntere kleine Augen, und es sah aus, als ob er mit ihnen pfiffe. Übermütig rollte er sie von einer Seite zur anderen. Der Hauptmann sah ernst aus und hatte ein langes, mageres Gesicht. Hin und wieder warf er einen verstohlenen Blick schräg zur Seite, als ob er auf irgend etwas Unsichtbares achtete.

Eine Fledermaus stieß gegen einen Dachbalken und fiel auf das Tuch herab. Mit einem schnellen Griff steckte Faulo die Hand unter die Fledermaus und nahm sich eine Goldmünze. El Bato sprach zu ihm:

– Faulo, gib mir die Münze zurück.

Der holte sie aus der Tasche und gab sie ihm. El Bato wandte sich an Alfanhuí:

– Jede Nacht stiehlt er sie mir, aber ich merke es immer. Dann gibt er sie mir zurück und lacht.
Wieder zählten die beiden Räuber ihre Münzen, und lange Zeit herrschte Schweigen. Man hörte nur ganz leise die Zahlen und das Flattern der Fledermäuse, die manchmal bis zu der Laterne herabkamen.
Dann kam die Stunde der Mäuse. Alfanhuí sah eine Maus, die sich bis an die Laterne heranwagte. Dort blieb sie stehen, blickte auf El Bato und Faulo und wunderte sich über Alfanhuí.
Danach tauchten immer mehr auf, eine nach der anderen. Sie kamen dicht an die beiden Männer und Alfanhuí heran, blieben aber hinter der ersten Maus stehen. Diese schien der Mäusekönig zu sein, denn keine der anderen stellte sich neben sie. El Bato meinte:
– Sie sind mißtrauisch, weil du gekommen bist.
Alfanhuí trat zur Seite, und nun kamen die Mäuse noch etwas näher und sogar bis an El Batos Füße heran. Dann kletterte der Mäusekönig auf das eine Knie des Hauptmanns. Der holte ein paar Getreidekörner aus dem Hosenaufschlag und gab sie ihm aus der Hand zu fressen. Als der Mäusekönig damit fertig war, warf El Bato auf den Fußboden weitere Körner für die übrigen Mäuse, die in Ruhe zu knabbern begannen. Faulo tat dasselbe mit einer anderen Mäuseschar, die zu ihm gekommen war. Im ganzen mochten es ungefähr dreißig Mäuse sein. Als sie alles aufgefressen hatten, verzogen sie sich wieder ins Stroh und krochen in ihre Löcher zurück.
Die Räuber nahmen ihre Zählerei wieder auf, und Alfanhuí schaute ihnen schweigend zu. Schließlich stand er auf und sagte zu ihnen:
– So Freunde, ich gehe jetzt.

El Bato musterte ihn von oben bis unten und lachte:
– Du bist ein Freund der Räuber? Nun, dann sind auch die Räuber deine Freunde. Wie heißt du?
– Alfanhuí.
– Leb wohl, Alfanhuí.
– Lebt wohl.
Alfanhuí wandte ihnen den Rücken und ging zur Tür. Als er sie öffnen wollte, hörte er, daß El Bato ihn abermals rief:
– Warte. Komm noch einmal hierher.
Alfanhuí kehrte zu den beiden Männern zurück, und der Hauptmann hielt ihm eine Goldmünze hin:
– Nimm sie, dann haben wir eine gerade Zahl.
Alfanhuí nahm die Münze und bedankte sich. Dann ging er wieder zur Tür und verließ den Strohboden. Der Mond schien durch die Dachluke und leuchtete auf den Stuhl aus Kirschbaumholz, auf die Kirschen und ihre Blätter. Alfanhuí ging die Wendeltreppe hinunter und suchte den Meister zum Abendbrot. Die Glocke schlug zehn Uhr.

X.

Von den Dingen im Sonnengarten, und wie Alfanhuí in den Brunnen hinabstieg und dort viel Neues entdeckte

In dem Sonnengarten stand dicht am Zaun ein Mandelbaum, der seine Zweige über die Straße hängen ließ. Im Sommer setzte sich eine Zikade auf die Rinde dieses Mandelbaums und sang während der ganzen Mittagszeit. Die Luft wurde drückend bei dem Gesang, und

niemand vermochte sich zu rühren, ehe die Zikade nicht wieder verstummte. So schwer waren alle Dinge. Es war die Zikade der schwülen Hitze, der bleiernen Schwüle, bei der die Wassermelonen verderben.
Auch lag in dem Sonnengarten ein Mühlstein, der schräg in der Erde steckte. Um diesen Stein herum wuchs das Gras kräftiger, ebenso wie in dem Loch, das er in der Mitte hatte. Schien die Sonne, wurde der Stein sehr warm, und darum liebten ihn die Eidechsen. Und weil er sehr glatt war, pflegte der Meister seine Messer und Werkzeuge an ihm zu schärfen. An der mit Ranken bedeckten Mauer lehnte ein altes Gitter, an dessen Eisenstäben viele Wespennester hingen. Am Fuß der Vorderseite des Hauses stand eine Reihe von Blumentöpfen mit Geranien und Federnelken, die der Meister stets mit Sorgfalt begoß. Die Hauswand war mit gelblichem Kalk verputzt, und in dem Putz staken viele rostige Wandhaken. An manchen von ihnen hing ein Staublappen, ein nicht mehr gebrauchter Schlüssel, oder auch ein geflochtener Käfig, der einen Lockvogel beherbergt hatte, jetzt aber leer war. Das Schaufenster war viereckig und besaß anstelle der Glasscheibe ein Metallgewebe und darüber ein kleines Schirmdach, damit es nicht hineinregnen konnte. Das Schirmdach war mit der gleichen blaßgrünen Farbe wie der Zaun und die Rolläden angemalt, und seine Bretter hatten sich mit der Zeit verzogen.
Aber das wichtigste in dem Sonnengarten war der Brunnen. Über seinem Rand aus grünem Stein wölbte sich ein schmiedeeiserner Bogen, an dem die Rolle für die Zugkette hing. Es war eine hölzerne Rolle, und sie zwitscherte wie eine Schwalbe. Auch der Wasserzuber bestand aus Holz. Er wurde wie die großen Fässer von

eisernen Reifen zusammengehalten und war ziemlich schwer. Der Brunnen war sehr tief, das Wasser in ihm sehr klar. In halber Höhe des Brunnenschachts sah man einen dunklen Bogen, hinter dem sich eine Galerie auftat. Alfanhuí war sehr neugierig, das alles von nahem zu betrachten, und so zog er eines Tages Schuh und Strümpfe aus und stieg in den Brunnen hinab. Er stellte sich in den Zuber und ließ sich hinunter, indem er Stück für Stück das Seil durch seine Hände gleiten ließ, bis er sich in der Höhe der Galerie befand. Er setzte einen Fuß auf die Schwelle und sah, daß das Wasser ihm bis an die Waden reichte, denn der Boden der Galerie lag nur wenig unter der Wasseroberfläche des Brunnens. Dann ließ er das Seil los, zündete eine Lampe an, die er mitgebracht hatte, und drang in die Dunkelheit ein. Unter dem Wasser fühlte er mit seinen Füßen einen bemoosten, glitschigen Boden und hin und wieder Kieselsteine darauf. An den Wänden, die mit feuchtem Moos bedeckt waren, lief in feinen Streifen das Wasser herunter. Hier und dort huschten flache Tiere über das Moos, die Seesternen glichen und so groß wie eine Hand waren. Ein Wassertropfen fiel auf die Lampe, und Alfanhuí stand im Dunkeln. Am Ende der Galerie konnte er einen sehr schmalen Spalt erkennen, durch den ein verschwommenes grünes Licht drang. Er ging weiter voran, und das Wasser wurde immer seichter, bis er auf trockenen Boden trat. Endlich gelangte er zu dem Spalt. Er konnte sich kaum hindurchzwängen. So kam er in eine Art Grotte, die die Form einer Glocke hatte und deren Wände mit dikken Wurzeln bedeckt waren. Es wurde ihm klar, daß diese Grotte der Untergrund des Kastanienbaums war. Sie war nicht gerade groß, und in ihrer Mitte lag ein

kleiner See mit grünlichem Wasser. Eine Säule aus langen und überaus zarten Würzelchen, die wie eine Mähne von der Decke hingen, schien in dem Wasser zu fischen. Rund um die Pfütze herum breitete sich ein schmaler Sandstrand aus, der schräg bis zu der Wand anstieg. Er berührte die dicken Wurzeln, die sich bogenförmig wie eine Kuppel nach oben zusammenschlossen und die Erde hielten. Alfanhuí konnte nicht begreifen, woher jenes grünliche Licht kam, das die Grotte erleuchtete. Doch schließlich entdeckte er eine Spinne, die so groß wie ein Teller war. Sie hatte kräftige Beine, und ihr Körper leuchtete wie eine Laterne. Schlummernd lag sie auf dem Sand. Diese Spinne mußte zweifellos blind sein, denn ihre Beine waren gleichmäßig rundherum um ihren Körper verteilt, so daß man nicht sagen konnte, wo bei ihr vorn und hinten war. Auch sah man weder Augen noch Fühler irgend einer Art. Sie war von allen Seiten gleich, und aus ihrem Körper, der wie eine plattgedrückte Kugel aussah, strahlte jenes grüne Licht.
Alfanhuí sah, daß die Fäden, die von der Decke herunterhingen, aus zwei Arten bestanden. In den einen stieg das grüne Wasser der Pfütze auf, und durch die anderen kam Licht herab. Doch mehr vermochte er nicht zu sehen, denn plötzlich erwachte die Spinne. Auf dem kleinen kreisförmigen Strand bewegte sie sich vorwärts, indem sie sich um sich selbst drehte, und kam immer näher, bis sie an Alfanhuís Fuß stieß und ihn biß. Dabei verlor sie ein wenig von ihrem Leuchten und verschwand dann wie ein Krebs im Wasser. Da begriff Alfanhuí, daß die Spinne das Licht aufsog, das in den Fädchen herabkam. Aber der Biß schmerzte ihn, und so ging er fort. Er tastete sich durch die Gale-

rie bis zum Brunnenschacht und zog sich dort auf die gleiche Weise hinauf, wie er sich heruntergelassen hatte. Dann machte er sich auf die Suche nach dem Meister, um ihm alles zu erzählen und ihm den Biß zu zeigen. Sein Fuß leuchtete wie Phosphor, und unter der grünlichen Haut konnte man die Knochen sehen. Schon nach wenigen Tagen schwand dieses Licht. Alfanhuís Fuß wurde wieder dunkel und trug keinen Schaden davon.
Doch der Meister und Alfanhuí dachten daran, daß sie auf Grund dieser Entdeckung noch große Dinge vollbringen könnten.

XI.

Der Meister erzählt die Geschichte des Stuhls aus Kirschbaumholz, und von dem ersten Werk, das an dem Kastanienbaum vollbracht wurde

Alfanhuí und sein Meister sprachen in jenen Nächten sehr viel miteinander. Der Meister erzählte ihm davon, wie er einmal eine Kirsche von dem Stuhl gegessen hatte. Sie schmeckte nach Nüssen, nach erloschenem Kohlenbecken und nach Kerzen aus Walratöl, und dies ist zugleich der Geschmack des Stubengeruchs, den die Häuser ausströmen, und des Widerwillens, den sie hervorrufen. Der Meister hatte im Traum die ganze Geschichte jenes Kirschbaums gesehen. Es war in derselben Nacht, da er seine Frucht gegessen hatte. Der frühere Besitzer des Hauses, ein Tischler, hatte den Baum im Garten gepflanzt. Einige Zeit darauf hatte sich dieser Mann mit einer jungen und sehr hübschen Frau verheiratet. Er fällte den Kirschbaum, um ihr einen Stuhl daraus zu machen. Jeden Nachmittag setzte sich die Frau auf diesen Stuhl und nähte. Aber man hatte den Kirschbaum in frühster Jugend gefällt, hatte ihn in einen Stuhl verwandelt und in jene Stube gesperrt, und nun war er krank vor Widerwillen. Es gab in diesem Hause vier Dinge, die der Kirschbaum haßte und die er ständig vor sich sah: eine dunkelviolette, seidene Bettdecke mit vielen Fransen, die über den Ehebetten lag, den geflochtenen und mit Bändern verzierten Nähkorb, ein arabisches Polsterkissen mit vier Troddeln an den Ecken, und vor allem einen Kalender aus gehämmerter Pappe, der mit einer rosaroten Wolke, mit Schwänen und Gärten verziert war. Unter dieser Zeichnung besagte ein Aufdruck:

WWE. RUIPÉREZ
FABRIKATION FEINER KEKSE
GEGRÜNDET 1911
DOS HERMANAS (SEVILLA)

Das war es, warum der Stuhl aus Kirschbaumholz unter krankhaftem Widerwillen litt und der guten Zeiten gedachte, da er noch im Garten blühte. Und er wollte sich an dem Tischler rächen. Nach und nach übertrug er sein Leiden auf die Frau, die sich immer zum Stopfen auf ihn setzte. Die Frau wurde nun auch krank und bekam deshalb keine Kinder. Allmählich wurde sie weich wie Wachs, und der Blick ihrer Augen erlosch, bis sie eines Tages vor lauter Widerwillen ohnmächtig wurde und starb. Seitdem stand der Stuhl auf dem Boden. Der Tischler hatte ihn hinaufgetragen, um ihn nicht länger sehen zu müssen.

Diese Geschichte hatte der Meister geträumt, als er die Kirsche gegessen hatte. Nach dem Tod des Tischlers hatte der Meister das Haus gekauft. Den Stuhl aber hatte er auf dem Boden an der gleichen Stelle gefunden, an der er jetzt noch stand.
Alfanhuí bemerkte, daß auch sein Meister an Widerwillen erkrankt war. Aber der Widerwille, den andere ›Stubenkrankheit‹ oder ›bleichen Überdruß‹ nennen, ist bei den Männern weder tödlich, wie bei den Frauen, noch unbedingt krankhaft. Er kräftigt sie vielmehr, und statt sie in Wachs zu verwandeln, härtet er sie ab. Und für ihre Haut ist er das, was für die Edelhölzer der Alkohol ist. Alfanhuí brauchte nur seinen Meister anzusehen, um das zu erkennen. Er sah es an seinem Antlitz und an seinen Händen, von denen man hätte meinen können, sie wären in Nußbaumholz geschnitzt und gehörten dem Sankt Hieronymus eines Chorgestühls an. Er bemerkte es an seinem heiteren Blick, an seiner tiefen, bedächtigen Stimme, an seinem aufrechten, wenn auch langsamen und müden Gang.
In den folgenden Nächten vertieften sich Alfanhuí und sein Meister in das Problem des Brunnens und des Kastanienbaums. Der Meister konnte nicht hinabsteigen, um alles selbst zu erforschen, und Alfanhuí beschrieb ihm, wie die verschiedenen Dinge aussahen. Sie entdeckten, daß die Würzelchen, die von der Decke hingen, Adern waren, die mit den Blättern in Verbindung standen. Zu jedem einzelnen Blatt führte eine Ader hinauf und versorgte es mit dem grünen Wasser, um es zu färben. Die Würzelchen, die hinabführten, waren zurückkehrende Adern, die durch die grünen Blattlamellen das Sonnenlicht einsogen und zu dem kleinen See hinunterbrachten. So gehörten zu jedem

Blatt zwei dieser Fädchen. Wenn Alfanhuí eine der aufsteigenden Adern aus dem Wasser nahm, verlor das Blatt, zu dem sie gehörte, nach kurzer Zeit seine Farbe und wurde weiß. Die Spinne war ein Parasit des Kastanienbaums. Mit einem runden und von Wimpern umsäumten Mund, der sich an ihrem Leib befand, sog sie das Licht aus den absteigenden Äderchen. Sie legte sich auf den Rücken unter die Wurzelhärchen, klammerte sich mit den Beinen an die Wurzeln selbst und schlürfte unter dem Wasser aus jeder einzelnen das Licht. Das konnte man deutlich erkennen, denn wenn die Spinne untertauchte, wurde der Grund des Sees erleuchtet. Die dicken Wurzeln, die die Wände der Grotte bildeten, gehörten zu den Ästen des Kastanienbaums. An diesen Wurzeln hielt sich der Baum, und aus ihnen nahm er seine Kraft.
Der Meister bereitete verschiedene Flüssigkeiten aus Pflanzenfarben, die er mit Hilfe von Blütenblättern oder Fruchtsäften hergestellt hatte. Denn die Farben sollten zart und unschädlich sein, sie sollten weder die Kraft der Vermehrung in sich tragen noch steril oder den Urstoffen des Lebens fremd sein. Dann beauftragte er Alfanhuí, die Spinne mit einem Netz zu fangen und an den Wänden der Grotte festzubinden. Als das geschehen war, spannte Alfanhuí in halber Höhe mehrere Drähte, wie um Wäsche aufzuhängen. Und er suchte von den Wurzeln alle aufsteigenden heraus und ließ sie über die Drähte hängen, so daß sie nicht mehr in das Wasser hineinreichten. Er teilte sie in sechs gleiche Stränge, denn ebenso viele Farben hatte der Meister bereitet.
In dieser Nacht ließen sie den Kastanienbaum ausruhen, und am nächsten Morgen waren alle Blätter weiß

und welk geworden. Der Meister und Alfanhuí freuten sich sehr und rüsteten sich zu ihrem Experiment. Alfanhuí stellte in der Höhle eine Art Gerüst oder Gestell auf, das wie eine breite Konsole aussah und in halber Höhe an der Wand rund um die Grotte verlief. Dann holte er nacheinander sechs Holzbottiche und stellte sie auf die Konsole, wie der Meister es ihm gesagt hatte. Darauf legte er in jeden Bottich die Spitzen eines Wurzelstrangs. Dann brachte er die sechs Krüge mit den Farbsäften in die Grotte und goß einen in jeden Bottich.

Alfanhuí stieg hinauf, um wieder bei seinem Meister zu sein. Beide setzten sich in den Garten und betrachteten den Kastanienbaum. Es verging nur kurze Zeit, und da sahen sie, wie einige der Blätter sich orangenrot zu färben begannen, während die anderen noch weiß blieben. Es wurde ihnen klar, daß der Orangensaft von allen Farbstoffen der flüssigste war und deshalb als erster sichtbar wurde. Dann stieg der Veilchensaft in die Blätter. Jetzt gab es schon zwei Farben. Nacheinander folgten der blaue, der rote, der gelbe und der schwarze Saft. Nach zwei Stunden waren alle Blätter gefärbt, und der Kastanienbaum stand da wie ein wunderbarer Harlekin des Pflanzenreichs. Alfanhuí und sein Meister feierten diesen Tag und schmückten das Haus mit bunten Sträußen und Girlanden.

XII.

Von anderen Werken, die an dem Kastanienbaum vollbracht wurden

Einige Tage darauf stieg Alfanhuí von neuem in die Grotte hinab und fand die Spinne fast erloschen und zu Tode erschöpft, weil sie angebunden war und sich nicht ernähren konnte. In den absteigenden Äderchen flossen Lichter von sechs Farben herab, ergossen sich in die Pfütze und malten auf die grüne Flüssigkeit, die inzwischen dunkler geworden war, schillernde Lichthöfe. Alfanhuí band die Spinne los, damit sie in das Wasser tauchte und durch einen Trunk aus den Äderchen neue Kräfte schöpfte. Die Spinne nährte sich jetzt nicht mehr von dem Grün, sondern von anderen Farben. Sie nahm gemischte Lichter auf und kam wieder zu sich. Darauf faßte Alfanhuí die absteigenden Fäden in Bündeln zusammen, indem er sie nach ihren Farben ordnete, und steckte fünf von ihnen in die Bottiche. Jedes Bündel in den Bottich, der seiner Farbe entsprach. Den Orangensaft, der mit den geringsten Kosten gewonnen wurde, ließ er der Spinne als Nahrung.

Und das Licht arbeitete ununterbrochen. Die Flüssigkeiten stiegen zu den Blättern auf und kamen, mit Licht beladen, wieder herab. Und die Bottiche wurden niemals leer, außer dem einen, der den Orangensaft enthielt. Dieser Saft floß in den kleinen See und wurde von der Spinne getrunken. Nachts wurden die Flüssigkeiten wieder dunkler. Auf jeden Wechsel des Lichts sprachen sie an. War der Himmel bewölkt, wurden sie trübe und milchig. Bei Tagesende strahlten die Bottiche einen hellen Glanz aus, der die Grotte mit bunten

Lichtern erfüllte. Dann leuchtete es wie im Zirkus. Nur die Orangenfarbe wurde von Zeit zu Zeit erneuert. Die Spinne aber strömte einen Geruch nach Orangenblüten aus, der die ganze Höhle durchduftete.
In den folgenden Monaten waren Alfanhuí und sein Meister bemüht, ihr Werk an dem Kastanienbaum zu vervollkommnen. Sobald sie die Arbeit ruhen ließen, machten sie sich daran, neue Dinge zu überlegen und auszudenken, die sie alsbald auch in die Tat umsetzten. Der Meister bereitete neue farbige Wasser, und die Bottiche in der Grotte vermehrten sich, bis das ganze Gestell vollstand und der Kastanienbaum schließlich bis zu dreißig verschiedene Farben in allen Tönen und Schattierungen aufwies. Auch kümmerten sie sich darum, diese Farben geschmackvoll zu verteilen, so daß kein Blatt in zwei von seinen sieben Teilen die gleiche Farbe besaß. Das war sehr mühsam, denn man mußte die sieben aufsteigenden und die sieben absteigenden Fäden eines jeden der Blätter, und es waren derer mehr als dreitausend, sorgfältig unterscheiden. Die Spinne wurde der Reihe nach mit allen Farben genährt, und mit jeder neuen Nahrung nahm sie nicht nur eine andere Farbe, sondern auch eine andere Form an. Ihre Beine wurden länger, oder sie wurden kräftiger, oder sie bedeckten sich mit Haaren. Ihr Körper wurde zuweilen oval oder zylindrisch wie ein Käse, oder ihre Haut bekam Runzeln. Kurz, sie nahm die verschiedensten Formen an, ganz wie es der Entwicklung und dem Geheimnis der einzelnen Farben entsprach. Alfanhuí und sein Meister vermerkten in ihrem Experimentierbuch deshalb nicht nur alle Formen der Spinne, sondern auch die Farbe, bei der sie sich gebildet hatten.
Auch gelang es ihnen, leuchtende Wasser zu gewinnen.

Zu diesem Zweck stieg Alfanhuí wieder in die Grotte hinunter. Dort teilte er einen Faden ab und strich mit den Fingern von oben nach unten an ihm entlang. Dabei preßte er den Faden, als wollte er ihn melken, und legte das Ende des Würzelchens in eine kleine Flasche. Und so verfuhr er mit vier oder fünf Wurzeln. Als die kleine Flasche bis an den Rand gefüllt war, brachte er sie hinauf. Der Meister pumpte die Luft aus, damit sie nicht das Licht verzehrte, und versiegelte das Fläschchen. So vereinigten sie auf einer Konsole über dreißig verschiedenfarbige, leuchtende Fläschchen, die im Dunklen sichtbar waren. Ein andermal fiel es ihnen ein, in die Rinde der Zweige Augenknospen zu pfropfen. Die Augenknospe ist ein kleiner Fleischwulst, aus dem die Tränen kommen, und sie erzeugt das Auge. Als nun die Zeit der Kastanien kam, hatten mehrere Früchte in ihrem Innern ein farbiges Auge, obwohl sie äußerlich gewöhnlichen Kastanien glichen. Alfanhuí und sein Meister legten diese Augen längere Zeit in Kalkwasser, bis sie versteinert und für die ausgestopften Tiere brauchbar waren. Und sie waren lebendig und ausdrucksvoll, wie Glasaugen niemals sind. Wenn sie diese Augen aber nicht versteinern ließen, trockneten sie wie Früchte, ohne zu faulen oder einen schlechten Geruch auszuströmen.

Auch fiel es ihnen ein, in die Blattstiele weiße Federn einzusetzen. Man mußte diese Federn nehmen, bevor sie ganz entwickelt waren und solange ihre Kiele noch Flüssigkeit enthielten, denn wenn die Federkiele trokken waren, boten sie dem Pflanzensaft keinen Halt. So gewannen Alfanhuí und sein Meister Federn in allen Farben, mit denen sie diejenigen, die ihnen bei der Arbeit entzweigingen, ersetzen konnten. Und Alfanhuí

kam schließlich noch auf den Gedanken, aus diesen Federn einen Phantasievogel herzustellen, indem er sie auf einem Balg aus Leinen und Draht mosaikartig anordnete.
Abends besprach er alle diese Dinge mit dem Meister, und sie verbrachten lange und schöne Stunden am Kamin.
Alfanhuí und sein Meister verfertigten mehrere Ziervögel in ungewöhnlichen Farben, aber die Kunden waren entrüstet und wollten sie nicht kaufen.

XIII.

Wie Alfanhuí Geselle wurde, und von dem wunderbaren Experiment, das im folgenden erzählt werden soll

Eines Tages rief der Meister Alfanhuí zu sich, um ihn zum Gesellen zu ernennen. An diesem Tag weihte er ihn in seine letzten Geheimnisse ein. Alfanhuí seinerseits erzählte dem Meister, wie er sich, als er noch bei seiner Mutter wohnte, das Blut des Sonnenuntergangs beschafft hatte. Der Meister reichte ihm die Hand und schenkte ihm eine Eidechse aus grüner Bronze.
Kurze Zeit darauf dachten sie sich ein neues Experiment aus. Sie zogen aus den Eierstöcken mehrerer Vögel die Lebensurstoffe und impften sie dem Kastanienbaum ein. Dabei verwandten sie die Urstoffe verschiedener Vögel von mancherlei Art. Und wiederum erwarteten sie die Zeit der Kastanien.
Als diese Zeit gekommen war, sahen Alfanhuí und sein Meister der Überraschung mit frohem Mut entgegen.

Sie ernteten die Kastanien und machten sich daran, die Früchte eine nach der anderen zu öffnen, weil sie nicht wußten, auf welche die Impfung gewirkt hatte, und äußerlich alle einander glichen. Sie öffneten Kastanie um Kastanie und warfen sie in einen Sack. Schließlich kam eine befruchtete Kastanie zum Vorschein. Alfanhuí öffnete sie vorsichtig und fand ein weiches Ei von grüner Farbe. Die Schale bestand aus einer Art Gewebe und erinnerte an die Hüllen der Entenmuscheln. Unter der Schale fühlte man so etwas wie ein zerknittertes Taschentuch. Der Meister war der Ansicht, das Ei müßte ausgebrütet werden, nur dann könnte das Tier zum Leben erwachen. Also legten sie das Ei auf den Mühlstein, wo es der Sonne ausgesetzt war. Sie fanden über zwanzig befruchtete Kastanien in den verschiedensten Farben und verfuhren mit allen auf die gleiche Weise.

Nach einigen Tagen begannen die Eier sich zu bewegen, wie Menschen in einem Sack. Alfanhuí und sein Meister entschlossen sich, sie zu öffnen. Sie schlitzten das Häutchen des ersten auf, und zum Vorschein kam ein buntes Etwas, wie eine Handvoll welker, zerknitterter Blätter. Dann sahen sie, daß dieses Etwas sich wie ein Taschentuch entfaltete und öffnete, und alsbald hatten sie einen sonderbaren Vogel vor sich. Alle Teile seines Körpers waren flächig wie Papier, und seine Federn bestanden aus Blättern. Anstelle von zwei Flügeln hatte er fünf, die ungleichmäßig über seinen Körper verteilt waren. Er hatte drei Füße und zwei Köpfe, die, wie alles übrige an ihm, ebenfalls platt gedrückt waren. Alfanhuí und sein Meister begriffen, daß dieser Vogel mit der Symmetrie der Pflanzen zur Welt gekommen war. Darum gab es weder für die Zahl

noch für die Anordnung seiner einzelnen Körperteile bestimmte Gesetze, genau wie es bei einem Baum keine Gesetze für Zahl und Anordnung der Zweige gibt. Doch erkannten sie, daß der Vogel aus dem Embryo eines Reihers entstanden war, denn seine einzelnen Formen ergaben ein getreues Abbild der Formen jenes Vogels, auch wenn sie keine räumliche Ausdehnung besaßen, sondern wie auf Papier gezeichnet wirkten. Der Vogel hatte sehr lebhafte Farben und piepte leise, wie wenn man durch die Zähne pfeift. Der Meister ergriff ihn und warf ihn in die Höhe. Der Vogel breitete seine fünf Flügel aus und stieg flatternd wie ein buntes Tuch in die Luft. Gleich einem trockenen Blatt wiegte er sich ziellos im Wind und gaukelte hin und her wie ein Schmetterling. Alfanhuí und sein Meister gerieten in Entzücken und öffneten die anderen Eier.
Allmählich füllte sich der Himmel über dem Garten mit diesen bunten Vögeln, kleineren und größeren, die ihren ersten Flug unternahmen, ohne sich weiter zu entfernen. Es sah so aus, als hätte man die Masken eines Karnevals der Vögel in die Lüfte geschleudert oder von einem Balkon Flugblätter hinuntergeworfen.
Es war eine beschwingte, wunderbare Schar, die sich in lustigen Fetzen und in einem harmonischen Durcheinander am Himmel bewegte. Niemals zuvor hatte man eine so verworrene und fröhliche, eine so muntere und unsinnige Vogelschar gesehen.
Alfanhuí und sein Meister sahen jedem Pflanzenvogel an, von welcher Tierart er abstammte, und gerieten außer sich vor Begeisterung, wenn sie diesen sonderbaren Flug über dem Garten beobachteten oder dem stillen und mannigfaltigen Piepen lauschten, das sich anhörte, wie wenn man Leder reibt oder Messer schärft.

Nach einer Weile ließen sich die Vögel alle zugleich in dem Kastanienbaum nieder, denn aus ihm waren sie geboren und in ihm fühlten sie sich geborgen. Einige Zeit darauf gewöhnten sich die Pflanzenvögel daran, weiter hinauszufliegen, doch Nacht für Nacht kehrten sie wieder zurück, um zwischen den Blättern des Kastanienbaums zu schlafen. Alfanhuí und sein Meister waren von ihren vielfarbigen und vielförmigen Pflanzenvögeln entzückt und zählten sie sorgfältig, wenn sie abends wieder angeflogen kamen, um in dem Kastanienbaum zu schlafen. Und da sie die Vögel liebgewonnen hatten, wurden sie sehr traurig, als sie eines Tages einen von ihnen vermißten.
Dieser Vogel aber war von einem Jäger getötet worden, und in ganz Guadalajara wurden bereits Stimmen der Entrüstung und des Entsetzens laut.

XIV.

Von der traurigen Begebenheit, die sich eines Nachts zutrug

Um zwölf Uhr nachts wurden Alfanhuí und sein Meister durch ein Gemurmel zorniger Männer geweckt, die in Scharen die Straße heraufzogen. Das Lärmen kam näher und schwoll an wie ein grollendes Gewitter. Alfanhuí schaute durch das Guckloch in der Tür hinaus und sah in der Dunkelheit der Nacht eine Gruppe von Männern mit Prügeln, Flinten und Fackeln. Sie schrien:
– Auf zum Zauberer, zum Zauberer...!
Und sie stießen eine Unzahl von häßlichen Wörtern

aus. So erreichten die Männer die Tür und begannen, auf sie einzuhämmern, wobei sie ihr Geschrei und ihre Schmähungen vermehrten.
Der Meister begab sich im Nachthemd und mit einer Öllampe in der Hand zum Eingang. Er öffnete die Tür, blieb auf der Schwelle stehen und fragte gelassen:
– Was wollt ihr?
Die Männer antworteten nicht. Ihr Geschrei und ihre Schmähungen nahmen nur noch zu, sie warfen den Meister zu Boden und stiegen über ihn hinweg. Dabei traten sie ihn heftig mit ihren Füßen. Dann drangen sie in alle Räume des Hauses und machten sich daran, mit ihren Prügeln oder mit ihren Flintenkolben alles zu zerschlagen. Alfanhuí sah ihrem Tun mit großer Traurigkeit zu. Er stand an der Wand und rührte sich nicht, und die Männer gingen an ihm vorbei, ohne ihn zu beachten. Als sie alles zerstört hatten, liefen sie wieder auf die Straße hinaus und schienen sich zu entfernen.
Alfanhuí eilte zu seinem Meister, der blutend auf dem Boden lag und vor Schmerzen stöhnte. Er brachte ihm Wasser und verband ihm mit Tüchern die Wunden. Der Meister lebte ein wenig auf. Doch einige Augenblicke darauf bemerkten sie, daß das Haus an allen vier Ecken brannte. Die Männer hatten Fackeln in das Haus geworfen, und durch die Zimmertüren drangen der Rauch und der Schein von Flammen. Das Feuer wuchs und griff allmählich auf die Möbel und den hölzernen Fußboden über.
Alfanhuí und sein Meister rüsteten sich zur Flucht. In aller Eile kleideten sie sich an. Aber dann gewahrten sie, daß sie durch die Tür schon nicht mehr hinaus konnten. Alfanhuí nahm die Goldmünze, die ihm die Räuber gegeben hatten. Sie lag in dem gleichen Ver-

steck wie die silberne Schlange und wie die Eidechse, die ihm der Meister geschenkt hatte. Dann zerbrach er das Glaskästchen, befreite die Schlange von den drei Ringen und sagte zu ihr:
– Rette dich!
Die Schlange erwachte aus ihrer Lethargie und sprang über die Flammen. Dann rollte sie sich wie ein Armreif um Alfanhuís Handgelenk. Alfanhuí ergriff die bronzene Eidechse und lief zu seinem Meister. Der nahm ihn an die Hand und führte ihn zu einem Fenster, das auf der Rückseite des Hauses zum offenen Feld hin lag.
Eilends verließen sie durch dieses Fenster das Haus und liefen über das Feld. Nachdem sie einen Bach überquert hatten, stiegen sie in der Dunkelheit der Nacht auf einen kleinen Hügel. Der Feuerschein warf von hinten sein Licht auf sie und leuchtete tiefrot auf ihren Rücken. Ehe sie den Hügel überschritten, blieben sie stehen und wandten den Blick zurück, wie um ein letztes Mal ihr Haus zu sehen. In allen Farben loderten riesige Flammen auf und leuchteten in die Ferne. Sie hatten auch auf die Krone des Kastanienbaums übergegriffen, und man hörte das Schmoren der Pflanzenvögel, die im Feuer knisterten wie frische grüne Sträucher. Aus dem Innern des Hauses hörte man Explosionen und das Zerspringen irdener Töpfe und gläserner Gegenstände. Bald hatten auch die Bodenkammern und das Stroh Feuer gefangen, und eine gewaltige rotgelbe Flamme stieg auf. Gleichzeitig hörte man das Gequieke der brennenden Mäuse. Alfanhuí mußte an die beiden Räuber denken und blickte sich nach ihnen um. Da entdeckte er ihre Schatten. Sie hatten dem Feuer den Rücken gekehrt und flohen über ei-

nen anderen, kahlen und etwas höheren Hügel, den weiten Steppen von Molina entgegen.
Lange Zeit betrachteten Alfanhuí und sein Meister das Feuer, ohne ein Wort zu sagen. Plötzlich stürzte das Haus mit großem Getöse in sich zusammen, und eine schwarze Säule aus Ruß und Splittern erhob sich und verdunkelte die Flammen. Die Flammen wurden kleiner, die Geräusche erstarben, und wo einst das Haus gestanden hatte, war nun ein Trümmerfeld, auf dem nur noch vereinzelte Flackerfeuer leuchteten.
Alfanhuí und sein Meister drehten dem Feuer den Rükken und überschritten den Hügel, nachdem sie einen letzten Blick auf das Haus geworfen hatten. Dann tauchten sie in die Dunkelheit der Nacht.

XV.

Von dem Tod des Meisters in den Gefilden von Guadalajara

In den Gefilden von Guadalajara schimmert das Gelb des Kreuzdorns. Die Kreuzdornblüte wechselt mit dem dunklen Rot der Thymianfelder ab. Ein weiches Grün zerfließt zwischen der schwarzen Erde und den stachligen Sträuchern. In den Gefilden von Guadalajara schwingen sich im Morgengrauen kleine dunkle Lerchen in die Lüfte, Lerchen mit gesprenkelter Brust und kraftlosem Schnabel. Die Wege ziehen sich durch die Steppen der kalkigen Hochebenen, zwischen denen steile Hänge in die Täler führen. Einmal im Jahr vielleicht sieht man in der Ferne Gendarmen, die mit ihrem Dreispitz auf dem Kopf über diese Wege reiten.

Doch es sind Wege für Füchse und Räuber, und die Gendarmen sitzen im Kasino in der Stadt und spielen Domino mit einem Krämer, der die Daumen in die Ärmellöcher seiner Weste steckt. Die Räuber schlafen in den unterirdischen Gängen der Burgen, die die steilen Hügel bekränzen, und die alten, schwarzgekleideten Mütterchen, Schwestern der Herdfeuer und Bratpfannen, tanzen auf den grünen Wiesen den Reigen. Die alten Mütterchen haben Knochen aus Draht und sterben nach den Männern und nach den Pappeln. Sie ertrinken in den Furten des Henares, und die Strömung reißt sie mit, so daß sie wie schwarze Lappen auf dem Wasser treiben. Manchmal bleiben sie an den Bachweiden hängen, oder an den Dornbüschen, die neben den Brückenpfeilern wuchern, und verheddern die Angelhaken der Fischer. Die alten Mütterchen von Guadalajara gehen immer zusammen. Sie fliehen, wenn eins von ihnen ertrinkt, und erzählen es niemandem.

Die Fischer von Guadalajara gehen immer allein und vespern unter den Ulmen. Der Henares ist ein erdiger Fluß, er fließt durch dunkles Erdreich hinab und kommt aus den dunklen Bergen. Er besteht aus dem Regen der Wolken, die der Wind auf den unwegsamen Pfaden der Sierra vergessen hat. Nur an manchen Stellen des Gebirges liegt Schnee, denn die Erde ist tiefschwarz, und niemals gelingt es dem Schnee, sie ganz zu bedecken. Welch einen Schatten wirft das Gebirge auf die Gefilde von Guadalajara! Es scheint, als reiche die Sonne mit ihrem Licht nicht weit genug.

Seit drei Tagen waren Alfanhuí und sein Meister unterwegs. Auf den bestellten Feldern grünte das Korn. Immer häufiger schien der Meister in den Erdschollen steckenzubleiben. Neben dem Lager eines Hasen ließ er sich nieder. Er legte sich bequem auf den Rücken und lehnte den Kopf an einen Weizenschößling:

– Alfanhuí, ich sterbe!

Der Meister sprach sehr langsam. Um Alfanhuís Lippen zuckte es, und seine Augenlider zitterten. In seinem Kopf glaubte er einen strömenden Regen zu spüren, und er kniete sich neben den Meister. Aber er konnte nicht sprechen.

– Alfanhuí, ich sterbe!

Alfanhuí war den Tränen nahe und fühlte, wie Worte und ein Schluchzen in ihm aufstiegen und sich Bahn zu brechen suchten.

– Alfanhuí, ich sterbe!

Zum ersten Mal in seinem Leben brach Alfanhuí in Tränen aus.

– Stirb nicht, Meister, du darfst nicht sterben! Stirb nicht, lieber Meister! Steh auf, steh doch bitte wieder auf.

Und er ergriff ihn an den Armen, um ihn aufzurichten, vermochte es aber nicht, denn dem Meister waren alle Kräfte geschwunden.

– Steh auf, steh auf!

Als er sah, daß er ihn nicht aufrichten konnte, brach seine Stimme von neuem, und er verbarg sein Gesicht, um zu weinen.

– Alfanhuí, mein Junge, ich gehe nun in das Weiße Reich.

Wieder schwieg der Meister, und nur das trostlose Schluchzen Alfanhuís war zu hören.

– Ich gehe nun in das Weiße Reich, wo sich die Farben aller Dinge vereinigen, Alfanhuí.

– Geh nicht fort, Meister.

– Schau, alles, was ich besaß, hatte ich dir zugedacht. Wenn du dorthin zurückgehst, soll das Grundstück und was sonst vielleicht noch übriggeblieben ist, dir gehören.
– Meister, lieber Meister! Willst du denn nicht wieder aufstehen? So setz dich doch wenigstens, setz dich! Und laß mich nicht allein. Noch niemals habe ich jemand sterben sehen.
– Sei vernünftig, Alfanhuí, mein Junge, und geh zu deiner Mutter zurück.
– Nein! Nur bei dir möchte ich bleiben. Ich möchte, daß du lebst, Meister.
– Ich sterbe, Alfanhuí! Ich kann nun nicht mehr sprechen. Ich gehe in das Reich, wo alle Farben eins werden.
Nach diesen Worten wurde der Meister starr, und sein Blick erlosch. Alfanhuí legte seinen Kopf auf des Meisters Brust und weinte. So verging eine Weile, bis Alfanhuí spürte, daß eine verkrampfte Hand, die sich langsam zusammenzog, seinen Hals streichelte. Die Hand schloß sich mit aller Kraft und ergriff dabei eine Strähne von Alfanhuís Haaren. Der Meister hörte auf zu atmen, und Alfanhuí weinte nicht mehr. Verstört schaute er auf, und als er die Strähne aus der Hand des Meisters losmachte, rissen ihm einige Haare aus und blieben zwischen den knöchrigen schwarzblauen Fingern des Toten hängen.
Alfanhuí bedeckte seinen Meister mit ein wenig Erde und zog einige grüne Getreidehalme mit den Wurzeln aus, um sie auf das Grab zu pflanzen. Darauf machte er sich, wie betäubt, auf den Weg durch die Felder. Nach zehn Schritten schreckte er einen Hasen auf und sah ihm nach, bis er am Horizont verschwand. Den

ganzen Tag irrte Alfanhuí in der Gegend umher. Als es Nacht wurde, fand er einen Eichenwald und legte sich dort im Schutz des Laubes schlafen.
Ein wunderschöner Mond ging auf und glänzte auf dem Holz des Eichenhains. Die silberne Schlange räkelte sich gemächlich und wickelte sich von Alfanhuís Handgelenk ab, um im Mondschein zu baden. Alfanhuí trug in der einen Tasche die bronzene Eidechse und in der anderen die Goldmünze. Er war mit trockenen Blättern bedeckt, und das Licht des Mondes leuchtete auf seiner Stirn. So schlief er ein, geschützt gegen die nächtliche Kälte in den Gefilden von Guadalajara.

XVI.

Wie Alfanhuí zu seiner Mutter zurückkehrte, die gerade dabei war, Linsen zu verlesen

Der Frühzug! In dem Eichenhain bebte der Erdboden. Die schwarze Lokomotive dampfte vorbei. Heftig schnaufte sie und wirbelte das trockene Laub empor, das sich auf dem Bahndamm angehäuft hatte. Die frische Luft des Morgengrauens schlug wie mit Kastagnetten gegen die Wagenfenster. Der Zug fuhr, fünf Meter von Alfanhuí entfernt, vorbei, und die hundert gleichgültigen und unbekannten Silhouetten hinter den Wagenfenstern flogen an seinen schläfrigen Augen vorüber. Der letzte Waggon hinterließ einen Wirbel von Staub und trockenen Blättern. Es war ein schreckhaftes Erwachen inmitten dieses langen und weiterhallenden Getöses, hinter dem die Luft vor Leere zitternd zurückblieb. Die Stille war durch das lärmende

Vorbeifahren der Eisenbahn in zwei Teile zerbrochen, die Einsamkeit des fahlen Eichenhains von hundert verschlafenen Silhouetten durchquert.
Alfanhuí betastete sich, und es war ihm so warm, als käme er gerade aus einem Bad heller und lauterer Tränen. Er suchte die Schlange, die Goldmünze und die bronzene Eidechse, und alles kehrte ihm ins Gedächtnis zurück. Die Schlange hatte sich wieder um sein Handgelenk gerollt.
Alfanhuí ging auf dem Eisenbahndamm entlang nach Süden. Abends kam er in eine weite Ebene, die im Mondschein lag. Die Ebene war ein dunkler, weißer und grüner Spiegel. Nebelschwaden irrten dicht über dem Boden dahin.
In der dritten Nacht kam Alfanhuí bei seiner Mutter an. Das Haus, das inmitten düsterer Eukalyptusbäume am Mühlgraben lag, schlief mit lautlosen Atemzügen. Spinnfäden und Holzmehl vermischten sich auf dem Wetterdach, und auf dem Schornsteinrand tanzte der Aschenkobold Springinsfeld.
Alfanhuí schlich sich durch das Fenster hinein und zündete eine Lampe an. Auf dem Tisch in seinem Zimmer fand er seine kleine Sanduhr. Der feine blaue Sand schlief in dem unteren Kegel wie der Sand in einem verlassenen Flußbett. Alfanhuí drehte die Uhr um, der Sand erwachte wieder und ließ seinen dünnen Strahl hinunterrinnen. Als Alfanhuí nun wieder sah, wie sich der blaue Sand bewegte, kehrte auch das feine Licht vergangener Zeiten in seine Augen zurück. Er legte sich in sein Bett und löschte das Licht.
Kurz darauf hörte er ein Geräusch, das aus einem anderen Zimmer kam. Er stieg aus dem Bett und sah am Ende des Flurs eine erleuchtete Tür. Er ging dorthin

und fand seine Mutter, die gerade dabei war, Linsen zu verlesen. Ohne von ihr bemerkt zu werden, blieb Alfanhuí auf der Schwelle stehen und betrachtete sie eine Weile. Dann trat er an den Tisch heran.
– Junge! Wann bist du gekommen?
– Hallo, Mutter!
Alfanhuí setzte sich zu seiner Mutter und begann, mit Stöckchen die Körner und kleinen Steine durcheinanderzubringen, die seine Mutter zwischen den Linsen heraussuchte. Er hatte den Ellenbogen auf den Marmortisch gelegt und hielt den Kopf in die Hand gestützt. Während er seine Geschichte erzählte, bildete er aus den kleinen Samenkörnern Muster und zerstörte sie wieder. Dann legte er aus den Körnern seinen Namen und sagte:
– Mutter, nenne mich Alfanhuí.
Lange Zeit war Alfanhuí nicht mehr bei seiner Mutter gewesen. Doch nun erkannte er alles wieder, das Knarren der Deckenbalken über der Küche, das Ameisengewimmel auf den Fliesen, die Bruchstellen im Marmor und die Maserung der Fensterläden, den Tropfen an dem Wasserhahn aus Messing, die Kochtöpfe und Kasserollen mit ihren Beulen, und alle anderen kleinen Geheimnisse der Küche. Auf einem Regal standen die Gewürztöpfe mit ihren verschiedenen Aufschriften: *Roter Pfeffer, Safran, Schwarzer Pfeffer, Anis, Kümmel, Zimt, Muskatnuß* usw.
Alfanhuí erinnerte sich an den faden Geruch, den die Gerichte seiner Mutter verbreiteten. Er sah den irdenen Milchtopf mit seiner fetten gelblichen Rahmschicht. Und die Stühle aus Pinienholz, die vom vielen Scheuern mit dem Strohwisch ganz weiß geworden waren. Die Katzen schlummerten mit halbgeöffneten

Augen und schnurrten auf den warmen Fliesen neben dem Feuer. Manchmal lief ein Ohrwurm über die Pfannen, die an den Wänden des Rauchfangs hingen. Und alle Küchengeräusche zusammen klangen wie ein Bohren von Holzwürmern, das durch die Täfelung bis unter das dunkle Dach hinaufstieg.

Alfanhuí legte sich wieder in sein Bett, und ihm war traurig zumute, als beherberge er in seiner Brust ein Krähennest. Er hatte die Hände unter den Kopf gelegt und hing seinen Gedanken nach. Er vermochte in der Dunkelheit keine neuen Bilder zu sehen und fand die Schatten lästig und sinnlos, als wären seine Augen mit einem schwarzen Tuch verbunden.

Er konnte sich nur noch vorstellen, in der Sanduhr das unhörbare Rinnen des blauen Sandes vergangener Zeiten wahrzunehmen. Und nur dieses Blau trat wieder in seine Augen, wie der feine Sand eines langen, einsamen Strandes, eines winzigen Strandes mit nur einer Farbe und nur einem Weg zwischen blauen Heuschrecken, blauen Kornfeldern und blauen Muscheln.

XVII.

Wie ein Sommer verging und Alfanhuí mit den Männern zur Ernte zog

Als die Zeit der Ernte kam, zog Alfanhuí mit den Männern auf die Felder hinunter. Er ritt auf einem kleinen Esel hinter der Schar der Schnitter einher. Der Weg führte zwischen Gärten hinab und war von Lehmmauern gesäumt, über die nur die Zweige der Obstbäume hinausragten. Alfanhuí war immer der letzte, stumm und in Gedanken versunken saß er auf dem Berg der Satteltaschen mit den Sicheln und Vesperbroten.

Bei der Ernte band Alfanhuí die Garben, oder er gab acht auf die Kleiderbündel der Schnitter. Eines Tages trugen die Schnitter ihm auf, ihre Suppe, den Gazpacho, zu bereiten, denn der Schnitter, der gewöhnlich diese Arbeit verrichtete, war an jenem Morgen nicht mit ihnen gekommen. Alfanhuí zerkleinerte in der irdenen Schale eine Zutat nach der anderen: Tomaten, Brot, Melone, rote Paprikaschoten, grüne Paprikaschoten, Gurken, Zwiebeln und so weiter, und ließ alles in Wasser und Öl schwimmen. Dann kniff er die Augen zusammen und begutachtete, der Farbe nach, wie die Suppe geraten war und ob er wohl von diesem oder jenem noch ein wenig hinzufügen müßte, damit sie noch hübscher aussähe. Als die Männer zum Essen kamen, hatte Alfanhuí den Gazpacho schon fertig zubereitet. Er war ihm so wohl gelungen und schmeckte allen so gut, daß von nun an immer Alfanhuí für das Essen zu sorgen hatte. Auf die Lobsprüche der Männer antwortete er mit dem Anflug eines schüchternen und flüchtigen Lächelns, das seine Traurigkeit für einen Augenblick verbarg.

Alle forderten ihn auf ›tu dies‹ oder ›tu das‹, ›nimm‹ oder ›gib her‹, und Alfanhuí traf immer das Richtige. Doch niemand wagte ihm jemals etwas zu sagen oder ihn etwas zu fragen, das nicht zu den Obliegenheiten der Ernte gehörte. Seine Mutter schickte ihn mit den Männern fort, um nicht mit ansehen zu müssen, wie sehr er sich vor Kummer verzehrte, und stets war Alfanhuí zu allem bereit, was man ihm auftrug. Abends kehrte er heim, aß sein Abendbrot und legte sich schlafen, nachdenklich wie immer, aber mit stumpfem Blick, als hätte er nichts gesehen. So verging die Zeit der Ernte und auch die Zeit des Dreschens.

Und nur dann schienen seine Augen vor Freude zu glänzen, wenn er sich auf das Dreschbrett setzte und die Pferde mit lautem Peitschenknallen antrieb. Manchmal ging es so geschwind, daß er von der Tenne abkam, mit den Zinken und Steinchen des Dreschbretts über den Erdboden schurrte und fast nach außen überkippte. Doch dann kam er sogleich wieder auf die Tenne zurück und schrie wie närrisch auf die Pferde ein, mit seiner schrillen und gellenden, kindlichen Stimme. Und weil er auf dem Dreschbrett so vergnügt schien, ließen ihn die Männer oftmals aufsitzen und jagen, so schnell er mochte. Denn stolz und munter sahen sie ihn nur, wenn er, auf dem goldenen Rad wie auf einem Karussell sitzend, die Tiere hetzte und die Peitsche durch die Luft schwang, als wäre ihm der Sommer zu kurz und als wollte er schneller sein als der Tag und schneller noch als der Wind.

Auch der September kam, und das Korn wurde in die Speicher und in die Scheunen gebracht. Die Mühle in der Nähe von Alfanhuís Elternhaus begann zu arbeiten, und den ganzen Tag lang rauschte das Wasser. Alfanhuí setzte sich auf eine kleine Brücke, die über den Graben führte, und ließ die Beine über dem Wasser baumeln. Er betrachtete sich in der Strömung und verbrachte Stunden um Stunden damit, dem Hin und Her der Schneider zuzusehen, die mit den Spitzen ihrer dünnen Beine über das Wasser glitten. Und Wasserkäfer beobachtete er, die schwarz waren und wie Emailkügelchen glänzten. Auch sie segelten über das Wasser und hinterließen dabei zickzackförmige Spuren.

Doch Alfanhuí hatte einen Schleier über seine Augen geworfen, und die Schärfe seines Blicks war stumpf geworden. So sah er alle diese Dinge wie ein Tor, als hätte er seine Phantasie ein für allemal verloren. Manchmal fiel ein Eukalyptusblatt auf das Wasser und trieb, wie zu einer Barke gefaltet, dem Schaufelrad der Mühle entgegen. Zuweilen auch flogen Libellen in allen Farben herab und flitzten dicht über dem Wasser um Alfanhuís Füße herum. Auf dem Grund des Grabens sah Alfanhuí Algen und weiße und grüne Kieselsteine. Die kleinen Kieselsteine rollten, von der Strömung getrieben, mitunter etwas weiter. Die schön gekämmten Algen aber kräuselten sich wie Haare im Wind. Alle Dinge riefen nach Alfanhuí und schienen ihn verlocken und aufmuntern zu wollen. Doch Alfanhuí blieb nachdenklich und abwesend, jedem Gedanken an eine Erfindung fern, und lebte einzig und allein in der Erinnerung an seinen Meister und sein Haus und an Guadalajara.

XVIII.

Wie ein Schnee Alfanhuís Melancholie vertrieb

Als der Winter kam, kuschelte sich Alfanhuí an das Kaminfeuer. Er setzte sich auf einen dreibeinigen Schemel, zur Linken des Feuers, unter den Rauchfang. So betrachtete er das Feuer und sagte nichts. Das Feuer betrachtete ihn mit seinem Gesicht. Augen und Mund hatte das Feuer. Und sein Mund, mit Zähnen aus Holzscheiten, prasselte, sprach. Über den Augen des Feuers: die Stirn des Meisters. Das Feuer sprach mit

seinen uralten Zähnen. Es bildete Ähren und körnte sie aus. Jede Ähre eine Geschichte, jede Geschichte ein Lächeln. Wie über den Stein gestreute Körner kehrten aus dem Feuer die Geschichten wieder. Das Echo der Geschichten schläft in den Kaminen. Der Wind möchte sie zerstören. Das Feuer ruft sie wach. Das Feuer rief in Alfanhuí die Erinnerung an die Stirn des Meisters wach, ließ sie aus der Tiefe seines Blicks erstehen. Helle Stirn. Alfanhuí lauschte den wiedererzählten Geschichten. Er las mit seinen Händen das Korn auf, er erkannte die Stimme. Auch erkannte er zwischen dem Korn sein früheres Lachen. Ganze Nächte. Wie Rauchstöße kamen die Geschichten durch das Feuer herein und füllten die Küche. Jetzt wurde das Feuer von selbst größer, wurde von selbst kleiner, wurde von selbst wieder größer, und von selbst erlosch es. Alfanhuí hörte und schaute. Und als er nicht mehr schaute, hörte er auch nichts mehr.
Eines Nachts war es sehr kalt, und alle lagen im Bett. Alfanhuí saß am Feuer. Die Luft in der Küche war warm, dumpf und schwammig, wie Öl voller Klümpchen, und suchte durch die Ritzen zu entweichen. Die stickige Luft in der Küche zwang die Dinge zu einem wirren und hartnäckigen Schlaf. Und alles wälzte sich vor Hitze und Atemnot. Die Spinnen, die Katzen, die Holzwürmer und die Ameisen begannen sich gleichsam unwillig zu regen, zu kratzen, hin und her zu kriechen, und sie versuchten an den Ritzen die messerscharfe, kalte Luft einzuatmen. Die Katzen schlichen von einer Ecke in die andere, kletterten auf die Stühle, auf den Tisch und auf die Fensterbretter. Sie irrten im ganzen Raum umher, dicht an den Wänden entlang, und miauten leise, beunruhigend. Alfanhuí betrachtete

die Küche, die von einer großen Lampe beleuchtet wurde. Alles war grau, grau die Katzen, grau das Feuer, das aus einer öligen, dichten Asche zu bestehen schien. Nur die Luft in den Ritzen glänzte. Dort drangen mit Gewalt die Messer der Kälte ein, als wollten sie dieses zähe und undurchdringliche Dickicht zerschneiden. Doch nicht weit von ihren Ritzen wurden sie stumpf und schmolzen, denn die Wärme hüllte sie ein, verbog sie und weichte sie auf wie Wachs. Alfanhuí stand auf, verließ das Feuer und hielt sein Ohr dicht an eine der Ritzen. Es war ein schmaler Spalt, der sich zwischen den Läden eines Fensters öffnete. Er spürte ein sanftes, lautloses Wehen, weich und anhaltend, glatt wie ein kaltes Bettlaken. Alfanhuí öffnete die Haustür. Das Licht der Küche warf einen hellen Schein ins Freie. Gierig nahm die Küche die Nacht in sich auf, wie ein Mund, der atmet, der lange Zeit einatmet, um die Lungen zu füllen. Man hörte die Küche sehr tief atmen, hörte, wie sie sich mit Frische füllte. Alfanhuí war auf der Türschwelle stehengeblieben. Draußen lag Schnee. Ein Hase sah den Lichtschein der Küche und kam über das Feld gelaufen. Vor der Tür blieb er stehen und schaute Alfanhuí mit großen Augen an. Alfanhuí fühlte, wie seine Muskeln sich strafften, und lief hinaus in den Schnee. Der Hase sprang vor ihm davon und hoppelte lautlos über das verschneite Feld. Beide liefen einem baumlosen Hügel entgegen. Alles war weiß. Die Wolken hatten sich verzogen, und der Mond schien. Keuchend rannte Alfanhuí, so rasch er konnte. Unten sah man die Küchentür wie einen ins Freie geöffneten Herd. Alfanhuí lief auf ein Pappelwäldchen zu. Die kahlen Pappeln durchwuchsen mit ihren dünnen Zweigen den Mond. Das Wäldchen zog sich einen steilen Hang hinab. Zwischen den sehr dicht stehenden Bäumen begannen Alfanhuí und der Hase zu spielen. Sie liefen um die Bäume herum und verflochten ihre Spuren auf dem verschneiten Boden. Dann rannten sie noch weiter fort, überquerten den Graben, kamen zur Mühle, von der Mühle auf einen anderen Hügel, von dem Hügel in ein anderes Wäldchen, und so liefen sie in einem großen Bogen um das Haus, das dort unten in der Tiefe lag. Jetzt blickten sie auf die Rückseite des Hauses, und das Licht war nicht zu sehen. Aber der Mond leuchtete hell. So liefen sie und liefen, bis Alfanhuí sich ausgetobt und seine Lungen mit der Schneeluft gefüllt hatte.

Alfanhuí sammelte einen Armvoll frisches, grünes und feuchtes Holz und stapfte zum Haus hinunter. An der noch glimmenden Asche zündete er das Holz an. Es knisterte und fauchte, zischte und qualmte, als wollte es sich weigern zu brennen. Schließlich züngelte eine kalte, metallische Flamme auf. Sie gab ein helles, junges Licht, das sich lebhaft und fröhlich bewegte und die ganze Küche erleuchtete. Die Katzen und die Spinnen, die Holzwürmer und die Ameisen ergriffen die Flucht.

Alfanhuí stand neben dem Kamin. Er schaute durch die weit geöffnete Tür hinaus und sah, wie über dem verschneiten Land der Morgen graute.

Zweiter Teil

I.

Der Leser wird mit der Person Don Zanas bekannt gemacht

Madrid. Es war jene Zeit, da sich die Geschichten um Don Zana ›Die Marionette‹ zutrugen, den Mann mit den geflochtenen, cremefarbenen Haarsträhnen, mit dem großen Lachen, bei dem sein Mund geschlitzt war wie die Scheibe einer Wassermelone, und mit dem

›Tracke, tracke, tracke,
tracke, tracke, tra‹

auf den Tischen und auf den Särgen. Es war die Zeit, da auf den Balkonen Geranien blühten, da Buden mit Tabakpfeifen auf der Moncloa standen und Herden grobwolliger Schafe auf dem Gelände der Guindalera weideten. Die Schafe schleppten ihre Wolle mit sich herum, fraßen das Gras zwischen dem Bauschutt und blökten in die Gegend. Manchmal schlichen sie sich in die Höfe und fraßen die Petersilie – ein Sträußchen grüner Petersilie, im Sommer, in dem gesprengten Schatten der Innenhöfe, an den kühlen Kellerfenstern zu ebener Erde. Oder sie traten auf die ausgebreiteten Bettlaken, auf die Hemdchen oder auf die rosafarbene Unterwäsche, die wie der fröhliche Schatten eines hübschen Mädchens am Boden haftete. Damals, genau damals spielte die Geschichte von Don Zana, der ›Marionette‹.
Don Zana war ein schmucker und heiterer Mann, ma-

ger und mit breiten, eckigen Schultern. Seine Brust bildete ein Trapez. Er trug ein weißes Hemd, eine graue Flanelljacke, einen Querbinder, eine helle Hose, und an seinen kleinen tänzelnden Füßen weinrote Schühchen. Das war Don Zana ›Die Marionette‹, der auf den Tischen und auf den Särgen tanzte. Eines Tages erwachte er in dem verstaubten Magazin eines Theaters. Dort hing er neben einer Dame aus dem achtzehnten Jahrhundert mit vielen weißen Locken und einem Füllhorngesicht. Obwohl die Dame in den Pariser Theatern mit ihm getanzt hatte, erwachte sie nicht, denn sie besaß weit weniger Temperament. Durch ein kleines Dachfenster machte sich Don Zana davon. Einige Tage lang hopste er auf den Dächern herum und erschreckte die Leute, die in den Mansarden und in den Dachkämmerchen wohnten.
Don Zana zerbrach die Blumenvasen mit einem Handgriff und lachte über alles. Er hatte eine unangenehme Stimme, die klang, als zerbräche trockenes Rohr, und er redete mehr als alle anderen Leute. Er hockte auf den Schemeln in den Wirtshäusern und betrank sich. Er schleuderte die Karten durch die Luft, wenn er im Spiel verlor, und bückte sich nicht, sie wieder aufzuheben. Viele bekamen die Härte seiner hölzernen Ohrfeigen zu spüren, viele seine häßlichen Lieder zu hören, und alle sahen ihn auf den Tischen tanzen. Es gefiel ihm zu diskutieren und Besuche zu machen. Er tanzte in den Fahrstühlen und auf den Treppenabsätzen, warf die Tintenfässer um und hämmerte mit seinen harten und behandschuhten starren Händchen auf den Klavieren herum.
Die Tochter eines Obsthändlers verliebte sich in ihn und schenkte ihm Aprikosen und Pflaumen. Don Zana

bewahrte die Kerne auf, um sie glauben zu machen, daß er sie liebe. Das Mädchen weinte, wenn Tage vergingen, ohne daß Don Zana durch ihre Straße kam. Eines Tages führte er sie spazieren. Harmlos küßte die Tochter des Obsthändlers mit ihren quittegelben, noch blutlosen Lippen jenes Lächeln, das wie eine aufgeschlitzte Wassermelone aussah. Weinend kam sie wieder nach Hause, und ohne jemandem ein Wort zu sagen, starb sie vor Kummer.

Don Zana ging häufig in die Umgebung von Madrid und fischte im Manzanares schmutzige kleine Fische. Dann zündete er aus trockenem Laub ein Feuer an und briet sie. Er schlief in einer Pension, in der sonst niemand abstieg. Jeden Morgen ließ er sich an seinen Füßen die weinroten Schuhe putzen. Zum Frühstück trank er eine große Tasse Kakao. Dann kehrte er bis zur Nacht oder zum Morgengrauen nicht wieder zurück.

Don Zana arbeitete in einer Schokoladenfabrik, und niemand hatte geeignetere Hände, die Schokoladenmasse zu kneten. Seine Hände glichen hölzernen Brettchen, und die Finger waren starr ausgestreckt, klebten zusammen und hoben sich kaum voneinander ab. Er arbeitete mit einer bewundernswerten Schnelligkeit. Er nahm die Masse, knetete sie und wendete sie in der Luft wie niemand sonst. Dabei zappelte er hin und her wie ein Jongleur, als befinde er sich im Zirkus, und gab den Schlägen seiner Hände einen Rhythmus, der die Arbeit der ganzen Fabrik in Bewegung zu halten schien. Niemals hatte der Direktor einen besseren Arbeiter gehabt, und die von Don Zana geknetete Schokolade konnte man zwischen allen übrigen erkennen. Es ging so weit, daß man unter dem Namen ›Tafel Donzana‹ eine neue Sorte Eß-Schokolade auf den

Markt brachte, die so gleichmäßig und fest war, daß sie sich brechen ließ wie Süßholz, mit einer muschelförmigen Bruchstelle, und daß sie bei der Weltausstellung in Barcelona eine Goldmedaille gewann. Damit nahm *Die Schmackhafte, AG,* einen Aufschwung, wie ihn ihr bescheidener Betriebsdirektor nie für möglich gehalten hätte. Er vergrößerte seine Fabrik, und seine Einnahmen verhundertfachten sich. Doch in dem Augenblick, da alles zum besten stand, wollte Don Zana gehen, unter dem Vorwand, seine Hände splitterten beim Kneten der Schokolade. Nichts halfen die Bitten des Betriebsdirektors und des ganzen Verwaltungsrats, dem schließlich sogar Don Zana selbst noch angehört hatte. Don Zana stieg auf den Tisch und führte zum Ärgernis der Anwesenden seinen Tanz auf:

›Tracke, tracke, tracke,
tracke, tracke, tra‹,

dann machte er sich, ohne daß ihn jemand halten konnte, auf und davon.

Noch einige Monate lang konnte das Unternehmen mit knapper Not seinen guten Ruf wahren, indem es die ›Tafeln Donzana‹ fälschte. Das Publikum ließ sich jedoch nicht täuschen, und nach kurzer Zeit machte *Die Schmackhafte, AG,* bankrott. Die Fabrik wurde geschlossen und die Gesellschaft aufgelöst.

Don Zana war jetzt frei und trieb sich in den Straßen herum, ganz wie es seine weinroten Schuhe gelüstete, und nichts und niemand konnte ihn davon abhalten. Noch viele andere Taten, an deren keine man sich gern erinnert, vollbrachte Don Zana ›Die Marionette‹. Er war eine traurige Berühmtheit Madrids, in der Zeit, da auf den Balkonen Geranien blühten, da Buden mit Tabakpfeifen auf der Moncloa standen und Herden grobwolliger Schafe auf dem Gelände der Guindalera weideten.

II.

Wie Alfanhuí in die Stadt kam und wie er sie sah

Alfanhuí trug ein gelbes Hemd und einen schwarzen Anzug mit kurzen Hosen. Eine halbe Stunde vor Sonnenuntergang, als eine Frau zu ihm sagte: »Von der Ecke jener Mauer kann man Madrid schon sehen«, streifte er die Wanderschuhe ab und zog sich weiße Strümpfe und ein Paar Lackschuhe an, die er im Beutel bei sich trug. Die Lehmmauer war sehr hoch, und über ihrem Rand zeigten sich Zypressen. An der Ecke hielt er Ausschau und sah eine Landstraße mit kleinen Bäumen, die zum Fluß hinunterführte. Jenseits des Flusses lag die Stadt.

Die Stadt war violett. Sie floh in einen Hintergrund aus grauem Dunst. Unter einem niedrigen Himmel lag sie, über den Boden ausgebreitet, wie eine unendlich große Haut. Auf ihrem Rücken sträubten sich würfelförmige Schuppen, viereckige Glimmerblättchen aus rotem Glas, die in der Spiegelung der untergehenden Sonne wie hauchdünne Kupferfolien flimmerten. Sie lag da und atmete. Ein flacher, dunkler Himmel, wie eine umgekehrte Ebene, bedeckte mit seiner purpurroten Fläche die Stadt. Die Stadt war violett, aber man konnte sie auch rosarot sehen.

Die Stadt war rosarot und lächelte lieblich. Alle Häu-

ser hatten ihre Augen der Abendröte zugewandt. Ihre Gesichter waren streng, weder angemalt noch geschminkt. Die Wetterdächer blinzelten. Die einen lehnten ihre Kinnspitzen auf die Schultern der anderen. Sie stuften sich ab wie ein Regal. Manche Häuser schlossen ihre Augen, um zu schlafen. Doch das Licht verweilte auf ihrem Antlitz, und ein Lächeln umspielte ihre Lippen. Die Sonne ging unter. Die Vögel brachten in ihrem Schnabel einen unermeßlich weiten, grauen Schleier. Wehend legte er sich über die Stadt.
Der Sonnenuntergang hatte eine Luft zurückgelassen, wie destillierter Alkohol sie ausströmt. Alle Konturen verletzten, als bestünden sie aus Glas. Dunst und Schleier wirkten wie ein Fleck in der Linse, der die Farben veränderte, die Umrisse jedoch nicht verwischte. Der destillierte Alkohol hatte alles frisch und lebendig erhalten, lauter und durchsichtig. In dieser Luft sah Alfanhuí vier aquarellfarbene Fassaden. Grüngelb, orangenrot, aquamarin und rosa. Vier hohe Fassaden, ohne Haus und ohne Wetterdach, die aneinanderklebten. Ihre Ränder waren eingefallen, und ihre törichten Fenster blickten nach beiden Seiten. Die Türen waren neu, und jemand schien sich darum zu kümmern, sie zu schließen. Zu ihnen gehörte eine herrschaftliche Freitreppe, die wie alles übrige eigenartig sauber war. Die vier Fassaden lagen am Fuß eines Hügels, und eine neue Landstraße, die noch nicht befahren wurde, führte an ihnen vorbei. Der Allee gegenüber, parallel zum Fluß, strahlten jene vier Fassaden Fröhlichkeit und Einsamkeit aus. Die Allee lag etwas tiefer und war nicht mit Pappeln, sondern mit Platanen und Akazien bepflanzt. Sie war sehr staubig. Hinter einem niedrigen Geländer sah man den kanalisier-

ten Fluß. Es war ein schmaler Fluß. Auf seinen winzigen Inseln, Anschwemmungen schwarzen Sandes, wuchs etwas Gras, lagen Unrat und tote Katzen mit aufgeschwemmtem Bauch, die schwarz und zerzaust an den Rand des Wassers gespült worden waren. Auf der Seite der Strömung besaßen diese Inseln eine Art Kamm aus langen Stöckchen, der mit seinen Zinken alle traurigen Dinge aufhielt. Eine kleine Brücke aus rostigem Eisen führte dort vorbei. An ihrem Geländer fehlten einige Teile, und die Eisenstäbe neigten sich wie Zweige über den Fluß. Auf der anderen Seite standen ebenfalls Platanen und Akazien. Weiter in der Ferne sah man einige Gärten, Baustellen und Erdaufschüttungen. Dort herrschte eine große Unordnung und nichts war zu Ende geführt, alles nur begonnen. Wenn man den Blick ein wenig hob, konnte man den Verlauf der Straßen bis in die Stadt hinauf verfolgen. Alfanhuí war noch immer allein. An einem Gartenhäuschen entdeckte er ein Schild:

PROMENADE DER SCHWERMÜTIGEN

Die Promenade bestand jedoch nur im Entwurf, in Form von rotvioletter Eisenbahnschlacke, und verlor sich bald in dem Gewirr der Erdaufschüttungen. An ihrem Ende sah man eine Lore, die auf einem schmalen Schienenstrang stand. Einige Brombeersträucher und Oleasterbüsche grünten am Rand der Promenade und trennten sie von dem Garten. Der Garten lag etwa anderthalb Meter tiefer, und zwischen dem schmutzigen Wasser wuchsen in hervorragender Ordnung smaragdgrüne Kohlköpfe und Salate. An der Promenade ragten auf halbem Wege auch noch fünf große, alte

Pappeln mit gespaltenen Ästen empor, in denen viele Vögel schliefen. Neben einer Ruine befand sich eine kleine Schenke:

ZUR MEIEREI
WITWE GERNEGUT
(WEINE UND KALTE SPEISEN)

So war es an der Wand zu lesen. Damit man die Lektüre nicht zu unterbrechen brauchte, war das R von Meierei auf das Abflußrohr der Dachrinne gemalt. Zu dem Wirtshaus gehörte ein Hühnerhof. Alfanhuí stellte sich auf die Zehenspitzen und blickte über den mit Stacheln gespickten Mauerrand. In dem Hof standen etliche Bäumchen, und der glatte, staubige Boden war mit Hilfe eines Wasserzubers gesprengt. Alfanhuí sah auch einige zusammenklappbare Tische, und an jedem vier Klappstühle. Sie waren mit blaßgrüner Farbe gestrichen. Die Tischplatten hatten sich verzogen, und die Nägel fielen heraus. In einer Ecke des Hofes waren Drähte gespannt, die eine Geißblattlaube trugen. Es wurde dunkel. Alfanhuí wandte sich von der Mauer ab und blieb stehen, um besser horchen zu können. Aus der Schenke ertönte ein Lied.

III.

Wie es bei Einbruch der Nacht dazu kam, daß Don Zana und Alfanhuí sich kennenlernten

Als es Nacht wurde, zeigte Madrid viele rote Lichter, die gleichsam einen Dunst in den marineblauen Himmel aufsteigen ließen. Auf dem Grund des Manzanares jedoch verschmolzen miteinander das Rot und das Blau. Unter dem schwarzen Wasser im Flußbett erblickte Alfanhuí einen Amethyst mit tausend Gesichtern. Und in Alfanhuís Lackschuhen glich auch Madrid einem Amethyst. In dem Gesicht, das am nächsten lag, sah man die Allee. Die Bäume standen auf dem Kopf, und im Licht einer Glühbirne, die zuoberst in einem nackten Laternenpfahl steckte, wirkten ihre Blätter violett.

In Madrid trug man Lackschuhe. Außerdem hausten auf den hölzernen Fußböden viele Kakerlaken. Und so war der Manzanares, er lief wie eine Kakerlake, mit seinem Amethyst auf dem Rücken und einem inneren Glanz. Hätte man seine kleinen Inseln aus Schlamm und Schilf betreten, so hätte es geklungen, wie wenn man Kakerlaken mit dem Fuß zertritt. Madrids Mädchen mögen die Kakerlaken gar nicht. Alle Zeitungen brachten Anzeigen für Insektenpulver. Es war geradezu eine Manie. Neben den Anzeigen für Insektenpulver wurde für Schuhcreme Reklame gemacht. Andere Dinge wurden gar nicht erst angeboten. Die Lackschuhe glänzten, aber die Kakerlaken starben nicht. Sie fielen über die Küchen her, und unter jedem Kochtopf fand sich mindestens eine. Als die Lackschuhe aus der Mode kamen, verlor sich auch die Angst vor den Kakerlaken. Niemand erinnerte sich mehr daran. Die Zeitungen brachten Anzeigen für andere Produkte.

In jenem nahen Gesicht des Amethysts sah Alfanhuí ein Feuer aufflammen. Und in dem Licht dieses Holzfeuers erhielten die Bäume ihr wirkliches Grün zurück. Alfanhuí hob die Augen vom Fluß und blickte auf die Allee. Fünf junge Burschen, die Hände in den Hosentaschen, standen um das Feuer herum. Er näherte sich ihnen und warf, wie es in Guadalajara Brauch war, einen Holzscheit in die Flammen, um an dem Feuer teilhaben zu dürfen. Alfanhuí dachte, sie würden ihn begrüßen, aber sie machten ihm nur ein wenig Platz und fuhren fort, über sonderbare Dinge zu sprechen. Alfanhuí verstand nicht, was sie sagten. Wohl vernahm er ihre Sätze, aber er wußte nicht, worüber sie sprachen. Sie sprachen sehr schnell, einer nach dem anderen, und ohne sich zu unterbrechen. Sie verwandten viele Abkürzungen, und alle Wörter bestanden aus zwei Silben. Schließlich zeigten sie ihm ein Kugellager. Alfanhuí begriff, daß es dies war, wovon sie sprachen. Noch nie hatte er ein Kugellager gesehen, und so erklärten sie ihm, wie es funktionierte. Er lernte, daß die Kugellager besser seien als die Walzenlager, doch hätten sie den Nachteil, daß die Kugeln manchmal heißliefen. Dann sprachen sie davon, daß sie sich einen Wagen basteln wollten. Sie erzählten ihm auch, wie man das mache und wie schön man auf diesen Karren bergab fahren könne. Solche Karren mit niedrigen Rädern hatte Alfanhuí noch niemals gesehen. Was ihm jedoch am besten gefiel, war die Geschichte mit den Kugeln, die heißliefen und dann nicht mehr brauchbar waren.

Das Feuer erlosch, und die jungen Burschen machten sich auf den Heimweg. Einer von ihnen trug eine Handvoll roter Rüben.

– Kommst du mit? – fragten sie ihn.

– Nein. Ich bleibe – antwortete Alfanhuí.

– Leb wohl, Kleiner.

– Lebt wohl!

Sie hatten ihn nicht nach seinem Namen gefragt, und keiner von ihnen trug kurze Hosen wie er.

Aus den Ritzen der Schenke strahlte ein wenig Licht. Ein Hund kam in gemächlichem Trott über die Brükke. Er war mager und hatte einen irren Blick, und sobald er jemanden sah, machte er einen großen Bogen. Dann verlangsamte er den Gang und beschnüffelte den Laternenpfahl. Schließlich gab er ein faules Knurren von sich und ließ sich auf eine Zeitung fallen, die unter der Laterne lag. Alfanhuí näherte sich der Schenke und trat ein. Alle Leute sahen zur Tür. Unter ihnen befand sich auch Don Zana. Er hockte auf einem Schemel.

– Guten Abend.

Die Witwe Gernegut musterte ihn: Hallo, schöner Herr! Es waren dort noch vier andere Männer, drei an Don Zanas Tisch und einer an der Theke, jeder mit seinem Glas Wein vor sich. Don Zana erhob sich und ging frech auf Alfanhuí zu:

– Was machst du denn hier, du Milchgesicht?

Er legte den Kopf schief auf die Seite und betrachtete ihn. Alfanhuí antwortete nicht.

– Wie heißt du?

– Alfanhuí.

– Und wie weiter?

– Nur Alfanhuí.

– Du scheinst vom Dorf zu kommen. Hast du einen Beruf?

– Gelernter Präparator.

Don Zana geriet außer Fassung. Alfanhuí betrachtete ihn wie einen Vogel. Don Zana war kleiner als er.

– Ich hatte auch einen Beruf und bekam ihn satt. Zwei, drei, vier Berufe. Orthopäde in Espoz y Mina, Schokoladenfabrikant, Tänzer. Es ist mehr wert, aus Liebhaberei zu tanzen, als von Berufs wegen andere Dinge zu treiben. Das ist es, was ich am besten kann.

Das Leben ist zum Lachen, mein Kleiner. Du scheinst traurig zu sein. Warum bist du so ernst?
Ein Affe, der in einer Ecke an einer dünnen Kette festgebunden war, stimmte Don Zanas Phrasen mit gezwungenem und gellendem Gelächter bei und tat, als müßte er sich vor Lachen auf dem Boden wälzen, indem er sich mit wildem Getue schüttelte. Dann verhielt er sich ganz ruhig und wartete auf eine neue Phrase, um auch über sie wieder zu lachen.
– Aber du gefällst mir. Was suchst du?
– Eine Pension.
– Meine natürlich. Du wirst schon sehen, wie gut sie ist. Ich nehme dich mit. Gib mir deine Hand, Milchgesicht, und laß uns Freunde sein.
Don Zana hielt ihm seine Hand hin. Als Alfanhuí sie ergriff, stutzte er:
– Aber wo ist deine Hand? Das ist doch keine Hand.
Don Zana geriet von neuem außer Fassung, sichtlich beunruhigt. Die Äffin lachte schrill auf und wandte sich dann allen Gästen zu, indem sie ihre schmutzigen und runzligen, grotesken Händchen zeigte. Alle grinsten vor sich hin, ohne daß es Don Zana gewahr wurde. Doch dieser reagierte jetzt auf seine Weise, indem er sagte:
– Gleich sollst du sehen, ob es eine ist.
Und er stürzte sich auf die Äffin, die ihm ins Gesicht gelacht hatte. In tödlicher Angst duckte sich die Äffin, und Don Zana versetzte ihr einen fürchterlichen Hieb. Die Äffin stieß einen Schrei aus und begann zu heulen. Don Zana hatte sie blutig geschlagen. Darauf ging er wieder in die Mitte des Raumes und sagte zu Alfanhuí:

– Gleich gehen wir hinauf. Möchtest du ein Glas Wein?
– Nein.

IV.

Von der Señorita Flora und anderen Lappalien

Alfanhuí öffnete das Fenster seines Zimmers. Ein strahlender Himmel über den Balkonen von Madrid! Es war ein Festtag. Alfanhuí blickte nach oben. Die Dachtraufe lag dicht über seinem Fenster. Die Enden der Dachbalken lugten hervor. Sie waren blaßbraun gestrichen und sahen aus wie rissige Holzklötzchen. Über ihnen sah man die vom Regen gewölbten Bretter, an denen die Dachziegel befestigt waren. Sie hatten im Laufe der Zeit alle Knorren verloren, und zwischen ihnen hatten sich Spalten gebildet, Schlupfwinkel von Mauergeckonen. Alfanhuí mußte an die Mauergeckonen seines Elternhauses denken. Wenn es dunkel wurde, stießen sie ihre leisen Schreie aus und begaben sich auf die Jagd nach Mücken. Schnell und unheimlich kletterten sie an den Wänden entlang. Viel schöner als die gemeinen Eidechsen, dachte er, trotz ihrer schmutziggrauen Farbe und ihrer Falten. Mit ihren Eulenaugen, die immer weit geöffnet sind und in alle Richtungen blicken, mit ihrem breiten, spöttischen Kopf und ihren Händchen aus winzigen Scheiben wie nebeneinanderstehende Blättchen. Sie lieben die Dunkelheit, kommen zur Stunde der Abendröte heraus, faul, als rieben sie sich den Schlaf aus den Äuglein. Aber bald werden sie munter und sind dann die geschicktesten, besten Kletterer, Gefährten der Spinnen, mit denen sie sich die Fliegenportion eines jeden Sommers teilen. Ihre besten Schlupfwinkel sind die Lücken zwischen Kalk und Ziegelsteinen schlecht gebauter Häuser. Niemand weiß, wie wunderbar ihre Farben sind. Denn sie haben die Mönchskutte angelegt, da der Staub der Dachböden an ihnen haften geblieben ist. Aber am Tage ihres Todes, wenn sie in der Sonne verwesen, sickert aus ihren kleinen Bäuchlein ein wunderbarer grüngelber Glanz, und sie strömen einen Duft wie von Heu, Feigen und Moschus aus, gleichsam einen heiligen Geruch. Wenn sie geboren werden, sind sie weiß und zittrig wie junge Tauben. Später vollzieht sich ihre Metamorphose, wie die der Hirschkälber oder der Eberferkel, und sie bekommen dunkle Flekken. Schließlich legen sie die Kutten an und leben nun, in reifem Alter, in den Höhlen. Wie viele Mauergeckonen gab es in dem Hause des Meisters, wie viele in dem Hause seiner Mutter! Ewige Gefährten der Dämmerstunde, wenn bei Sonnenuntergang die Kühle der Nacht herabsinkt.

Alfanhuí betrachtete das gegenüberliegende Haus. Auf den Dachziegeln lag ein kleiner toter Stoffbär. Sein Schnäuzchen war in die Dachrinne getaucht, als sei er in der letzten sommerlichen Trockenheit vor Durst gestorben, während er in der roten Wüste der Dächer einen Tropfen Wasser suchte und über ihre erbarmungslos glühenden Dünen irrte. Aber er hatte eine Wunde an der Seite, und das Sägemehl quoll aus ihm hervor.

Alfanhuí senkte den Blick auf die gegenüberliegende Fassade und stieß auf ein gemaltes Fenster. Aber dieses war nicht wie die anderen falschen Fenster, die wenigstens eine Stunde am Tag wie richtige aussehen, wenn nämlich ihr Schatten mit dem zusammenfällt, den die

Sonne an den wirklichen Fenstern hervorruft. Dieses wirkte niemals echt, weil seine Schatten sich widersprachen. Das Fenster war in Grün und Braun gehalten, und sein Rahmen wies die gleichen Verzierungen auf, mit denen auch die Rahmen seiner glücklichen Gefährten bemalt waren. Nur daß der Regen sie allmählich ausgewaschen hatte und sie matt die Wand hinabliefen.

In dieses Fenster hatte man eine Dame gemalt, die ihre Arme auf das Fensterbrett gestützt hielt. Diese Dame wartete auf einen Mann. Sie hatte eine schlaffe Figur und war ungefähr fünfundvierzig Jahre alt. Vielleicht wartete sie dort schon seit ihrem fünfzehnten Lebensjahr. Eine rosarote und malvenfarbene Dame, die ihre Figur und ihre Schönheit noch nicht in schwarze Tücher gehüllt hatte. Noch immer wartete sie, gleich einer entblätterten Rose, mit ihrer verblaßten roten Schminke und ihrem künstlichen Lächeln, das bitter aussah wie eine Grimasse. Durch den Regen war ihr Busen an der Wand heruntergerutscht und zeigte sich jetzt welk und hängend, etwa eine Viertelelle von seinem eigentlichen Platz entfernt. Zwischen zwei hohen Häusern hindurch blickte sie gen Süden, auf das Dorf Pinto und seine verbrannten Felder, an der Eisenbahnstrecke nach Toledo. Sie blickte auf die gelben Kornfelder und die weißen Bahnsteige der Nebenstationen, unter der Sonne der Freude, wo die Mädchen mit achtzehn Jahren heiraten. Sie träumte von den Palästen in Aranjuez, von ihren Gärten und Bäumen. Von dem Tajo, als einem gestrengen Herrn, von dem königlichen Wassergraben und von den Kanälen, und von dem ungestümen, fröhlichen Wasser, das in den Schleusen sprudelt und tost. Sie träumte von den kräf-

tigen Gärtnern, die mit Hebeln die riesige Schraube der Schleusentore drehen. Und von den gepflegten und fruchtbaren Auen.
Sie wartete und wartete, während der Regen ihr Antlitz und die aus blauer Wolle gestrickte Mantilla verwischte. Während das Wetter auf sie niederging und, wie ein heller Schatten, an ihrer Figur hinabglitt, sie glättete und mit dem Fenster, mit der Wand und mit dem Wind verwechselte. Ach, das Wetter, das Wetter! Es verwandelte sie in ein verschwommenes Trugbild, das reglos an der Wand verharrte, und ließ sie verblühen wie eine verzweifelnde Blume, während auf der Straße die Gemüsefrauen lauthals ihre Kinder schalten und sie mit harten Schlägen zur Vernunft brachten. Während sie Knoblauch, Porree, Zwiebeln und Mohrrüben verkauften, die später die Straße mit ordinärem Essensgeruch erfüllten. Während die Radfahrer durch die engen Gassen pfiffen, damit Beamte und Mägde beiseite traten, die drallen Mägde mit dem Einkaufskorb am Arm, die man so schön zwicken kann. Während alle Leute schrien und sich in einem gemeinen, überschäumenden Leben tummelten, das voller Klatsch und Gelächter war.
Ach, wenn jenes Fenster doch echt ausgesehen hätte! Dann wäre der schlaue, in Trauer gekleidete Toledaner gekommen, mit seiner goldenen Kette an der Weste, mit seinem weißen Hemd, mit seinem zugeknöpften Kragen und seinem kecken Hut. Ach, wenn dieses Fenster doch keine widersprechenden Schatten gehabt hätte!
Die gemalte malvenfarbene und rosarote Dame mit ihrer aus blauer Wolle gestrickten Mantilla blickte noch immer auf das Dorf Pinto, auf seine verbrannten Fel-

der, an der Eisenbahnstrecke nach Toledo. Noch immer schaute und wartete sie, mit ihrem künstlichen Lächeln. Sie hieß Flora. Señorita Flora. Wie maßlos traurig!

V.

Über die sonderbare Pension von Doña Tere und weitere Einzelheiten

Die Pension lag auf einer kleinen Etage. Durch ihre Fenster blickte man in einen düsteren Innenhof, an dessen Wänden viele Speisekästen mit kleinen Luftlöchern hingen. Von Fenster zu Fenster, und in allen Stockwerken, waren Drähte zum Wäschetrocknen gespannt. Und wenn es sich traf, daß alle Hausbewohner ihre Bettlaken am gleichen Tag aufhängten, drängten sich im Hof, vom Boden bis zum Himmel, die dünnen Schichten aneinander, wie in einem Blätterteig. Und dann gelangte das Licht auch bis unten in den Hof, denn die höchsten Bettlaken nahmen es von der Sonne, die über das Dach hinabglitt, und warfen den Abglanz auf die Laken des vorletzten Stockwerks. Diese gaben das Licht wiederum an die Laken der vorvorletzten Etage weiter. Und so geschah es auf eine höchst komplizierte Weise, daß das Licht, weich und nicht ohne Mühe, durch den ganzen Hof bis zum Hochparterre hinabfiel. Wie sich das Licht doch durch die Bettlaken täuschen ließ! Sobald es die ersten betreten hatte, konnte es von der Rutschbahn schon nicht mehr freikommen und purzelte, gleichsam überlistet, in die Tiefe dieses schmutzigen, engen und grauen Hofes, der ihm äußerst mißfiel. Aber das Schönste war, wenn sich die Tür des Hofes, die in die Vorhalle führte, öffnete und von der Straße ein Luftzug kam, der in den Hof strömte und wie eine Windhose in ihm emporstieg. Dann zerrte der Wind an den Bettlaken, die wie eine Gänseschar nach oben zu flattern begannen und sich scheinbar von den Drähten lösen wollten. Diese Wirbelstürme ereigneten sich nur selten, und niemals gelang es den Bettlaken zu entfliehen. Wohl aber geschah es, daß alle Bettlaken, ohne daß man wußte, wie das möglich war, inmitten dieses Wirrwarrs die Plätze tauschten, als ließe sich jedes, wenn der Wind aufhörte, an der ersten freien Stelle nieder, wie Schulkinder, wenn der Lehrer plötzlich eintritt. Dann mußten die Hausbewohner jedesmal ihre Bettlaken heraussuchen und als die ihren wiedererkennen, um dieses Durcheinander zu entwirren. Dabei entstand nicht wenig Streit, denn es gab gute, schlechte und mittelmäßige Bettlaken.

Das Haus war dreieckig, und sein Grundriß hatte die Form eines Winkelmaßes. Was es nicht alles gibt! Und von der Straße sah die hohe, spitze Ecke wie eine Messerschneide aus. Die längste Seite des Dreiecks bildete die Rückseite des Hauses, eine fensterlose Ziegelmauer, die sich unvermittelt erhob. Die kürzeren Seiten aber hatten Fenster, und der rechte Winkel des Hauses fiel mit der Ecke zweier Straßen zusammen. Im Innern befand sich eine Treppe aus Pinienholz mit einem eisernen Geländer und einer hölzernen Handleiste darauf. Am Ende der Treppe, im Dachgeschoß, wurde der letzte Abschnitt des Geländers von einer Glaskugel gekrönt. Die Tür der Pension war schief, weil sich der Treppenabsatz in Richtung des Schachts ein wenig gesenkt hatte. Als der Absatz sich zu senken begann, stimmte die alte Tür mit dem verzogenen, wackligen Rahmen nicht recht überein. Als jedoch die neue Tür gezimmert wurde, gab man ihr von vornherein jene schiefe Form, damit sie schloß, wie es sich gebührt. Doch damit hörten die Schwierigkeiten keineswegs auf, denn beim Öffnen schrammte das untere Ende auf dem Boden, bis es einen Punkt erreichte, über den es nicht hinausging. Man mußte sowohl die Angeln etwas überhöhen, damit die Tür sich beim Öffnen hob, als auch den Fußboden des Treppenabsatzes ein klein wenig aushöhlen. Unter diesen Umständen ging die Tür ganz gut, nicht ohne daß es vorher erforderlich gewesen wäre, die Innenseite des Türsturzes abzuhobeln, damit die Tür nicht auch dort oben anstieß. Alle diese Arbeiten verrichtete ein Tischler von der Calle Atocha, der Andrés García hieß.

Die Tür hatte ein rundes Guckloch aus goldenem Messing, das wie eine Zitronenscheibe aussah. Und wenn es geöffnet wurde, entstand eine Art Malteserkreuz, denn vier seiner Flügel waren beweglich, während die anderen vier ihre Stellung nicht veränderten. Durch die vier beweglichen konnte man hindurchsehen. Man betätigte das Guckloch in der gleichen Weise wie das Zugloch der Öfen.

An der Tür war außerdem ein Emailschild befestigt, auf dem zu lesen war:

PENSION TERESA

– DURCHREISENDE UND DAUERGÄSTE –

In der Mitte der Wohnung befand sich das Eßzimmer. Über den viereckigen Tisch war eine braune Samtdecke

mit erhabenen Pflanzenmustern gebreitet. Mitten auf diesem Tisch stand immer das Gestell mit Öl und Essig, als wäre es das Wichtigste in diesem Hause. Es war eins von denen, die wie zwei kreuzweise übereinandergelegte Brennkolben aussehen und unten durch zwei dicke Glastropfen miteinander verbunden sind. Der rechte Kolben zielte nach links, und der linke nach rechts. Im ganzen war es so, daß Don Zana sie immer verwechselte. Wollte er Öl haben, bekam er Essig, und wenn er Essig nehmen wollte, bekam er Öl. Und stets ärgerte er sich mehr, wenn er Essig anstelle von Öl bekam, als Öl anstelle von Essig. Und er behauptete, man hätte es verkehrt aufgestellt. Er sei daran gewöhnt, daß das Öl zur Rechten und der Essig zur Linken stünde, oder umgekehrt, je nach Lage der Dinge, je nachdem, ob man es von der einen oder der anderen Seite betrachtete. An manchen Tagen vertrat Don Zana den einen Standpunkt, an anderen Tagen das Gegenteil, und die Wirtin pflegte ihm zu antworten:
– Die Socken haben keine Seite, sie passen für den rechten wie für den linken Fuß.
In diesem Zimmer befand sich auch eine Glasvitrine, in der die Gläser und das Tafelgeschirr standen. Aber da die eine Glasscheibe zerbrochen war und man durch sie alles herausholen konnte, brauchte man die Vitrine niemals zu öffnen. An der Decke hing eine niedrige glockenförmige Lampe mit einer Quaste aus roten Fäden und einer anderen aus gläsernen Röhrchen, die in einem fort tanzten und schaukelten und dabei eine Hirtenmusik erklingen ließen. Es hörte sich an wie eine Herde mit ihren Glocken. Die Schatten der Quasten bewegten sich an der Wand hin und her, als ob das ganze Zimmer schwankte. Auf der Vitrine

stand eine Blechschachtel, auf der ›Die Trunkenbolde‹ von Velázquez abgebildet waren. Früher hatte sie Quittenbrot enthalten, jetzt aber diente sie zur Aufbewahrung von Knöpfen. Die Fremden versetzte sie häufig in Schrecken, denn in dem Augenblick, da man sie schloß, gab es einen Knall, weil der Blechdeckel sich ausbeulte und von selbst wieder seine gewöhnliche Form annahm.

Andere erwähnenswerte Räumlichkeiten waren das Bad und das Mädchenzimmer. Dieses Zimmer lag in der Ecke des spitzen Winkels. Das Dienstmädchen war eine Frau von etwa vierzig Jahren, groß und hager. Immer trug sie Lockenwickler im Haar, außer sonntags, wenn sie ausging. Sie hatte nur wenig Haar, und stets erhob sie sich um Mitternacht, im Nachthemd und mit einem Handleuchter bewaffnet, um sich im Spiegel zu betrachten. Und da sie sich immer so häßlich sah, streckte sie die Arme aus und zerkratzte den Spiegel. Darauf legte sie sich wieder ins Bett und schlief beseligt und mit einem Lächeln auf den Lippen ein. Sie hieß Silvestra und wurde Silve genannt, denn in Madrid gebrauchte man kein Wort, das aus mehr als zwei Silben bestand.

Das Badezimmer war ein Gemüsegarten. Die Badewanne war fast bis an den Rand mit Erde gefüllt. Drei Kohlköpfe wurden dort gezogen. Die Bewässerungsanlage war hervorragend eingerichtet. Das Wasser wurde durch Furchen verteilt, und man brauchte nur den Wasserhahn aufzudrehen. Die drei Kohlköpfe waren weiß, weil nur sehr wenig Licht in den Raum drang. Und wie man weiß, benötigen die Pflanzen Sonne, um grün zu werden. Doch da es ihnen an Wasser nicht mangelte, wuchsen sie sehr rasch, und jede

Woche konnte man einen Kohlkopf ernten, der sogleich durch eine neue Pflanze ersetzt wurde. Hier machte es keinen Unterschied, ob Winter oder Sommer, Herbst oder Frühling war. In dem Badezimmer lebte auch eine Ziege, die an der Türklinke festgebunden war. Immer in der gleichen Haltung stemmte sich diese Ziege mit ihren Beinen und ihrem Körper nach vorn und zog aus Leibeskräften an ihrem Strick, ohne die Kohlköpfe jemals aus den Augen zu lassen. Wenn jemand das Bad betrat, öffnete sich die Tür mit einem Ruck, und die Ziege war es sehr zufrieden, denn sie näherte sich dadurch den Kohlköpfen und glaubte, man würde sie ihr zu fressen geben. Wie ein kleiner Hund wedelte sie mit dem Schwanze. Auch wenn die Tür geöffnet war, verharrte sie in der gleichen Haltung, nur ein wenig weiter in den Raum vorgerückt. Die Tür zu schließen bedurfte keiner Mühe, denn der Fußboden war sehr glatt, und wenn man an der Türklinke zog, schlitterte die Ziege, ohne sich zu rühren, an ihren ursprünglichen Platz zurück. Diese Ziege hieß Stanze, denn sie sah immer wie gestanzt aus und gab eine ziemlich labberige Milch.

VI.

Doña Tere erzählt die Geschichte ihres Vaters. Einzelheiten über Silve und Don Zana

Doña Tere war eine zierliche, fast weißhaarige Dame. Sie behandelte ihre Gäste mit großer Umsicht und war sehr sympathisch. Eines Nachts, als Don Zana nicht nach Hause kam, sprach Alfanhuí noch lange mit ihr.

Sie war Witwe. Ihr Mann war Lehrer gewesen. Und von ihrem Mann stammte das einzige Buch, das in dem Haus zu finden war. Ein Buch mit einem orangefarbenen Pappeinband. Auf dem Umschlag war ein Mädchen abgebildet, das eine kleine Windmühle anpustete. Die Mühle löste sich wie eine Pusteblume in viele zarte Federkelche auf, die in der Luft umherflogen. Das Buch hieß ›Petit Larousse Illustré‹. Alfanhuí hatte viel Freude daran, die Abbildungen zu betrachten.

Unter anderem erzählte ihm die Wirtin die Geschichte ihres Vaters. Die Familie stammte aus Cuenca. Dort hatte Doña Tere auch ihren Mann kennengelernt. Ihr Vater war Bauer gewesen und hatte einige Ländereien besessen. Eines Nachmittags, als er mit den Ochsen pflügte, schlief er ein. Und da er den Pflug nicht wendete, zogen die Ochsen weiter und ließen das Feld hinter sich zurück. Und der Mann ging weiter hinter ihnen her, die Hände an den Pflugsterzen. Sie zogen gen Westen. Auch in der Nacht machten sie nicht halt. Sie durchwateten Furten und überquerten Gebirge, ohne daß der Mann erwachte. Sie folgten dem Lauf des Tajo und gelangten schließlich nach Portugal. Der Mann erwachte nicht. Manchmal sah jemand diesen eigenartigen Pflüger vorübergehen, der mit seinen Ochsen nur eine einzige Furche zog, eine lange, gerade Furche, die an den Gebirgen entlang und durch die Flüsse führte. Niemand hatte den Mut, ihn zu wecken. Eines Morgens erreichte er das Meer. Er überquerte den Strand und die Ochsen trotteten in das Wasser. Die Wellen brachen an ihrer Brust. Als das Wasser dem Mann bis an die Hüften reichte, wachte er auf. Er hielt die Ochsen an und ließ vom Pflügen ab. In einem nahen Dorf fragte er, wo er sich befinde, und verkaufte seine Ochsen und seinen Pflug. Den Erlös strich er ein und kehrte in der Furche, die er selbst gezogen hatte, in seine Heimat zurück. Noch am gleichen Tag machte er sein Testament und starb, von den Seinen umgeben.

Doña Tere war mit ihrem Mann nach Madrid gekommen, und sie hatten diese Wohnung gemietet. Nach dem Tode ihres Mannes hatte sie die Pension eröffnet.

Alfanhuí hörte diese Geschichten vom Leben der Leute sehr gern. Er beobachtete, wie Doña Tere ihren Mund und ihre Augen bewegte, wenn sie heiter ihre Erinnerungen auspackte. Und an der Dauer ihrer Erzählungen konnte Alfanhuí die Zeit ermessen, die jene Geschehnisse in Anspruch genommen hatten. Alfanhuí empfand Zuneigung für Doña Tere, die ihn so reizend in ihre Erinnerungen, ihr Leben, blicken ließ, als zeigte sie ihm ein weiteres Zimmer des Hauses, als lüde sie ihn mit herzlicher Geste ein: ›Es steht zu Ihren Diensten, verfügen Sie ganz nach Ihrem Belieben.‹

Dann sprachen sie von Don Zana. Doña Tere riet Alfanhuí, vorsichtig mit ihm zu sein:

– Er ist kein Umgang für Sie.

Doña Tere setzte ihren Gästen jeden Abend kleine gebratene Fische vor. Silve briet sie und sang dabei einen Tango von Carlos Gardel. Immer den gleichen Tango, der begann: ›Adiós, holder Vogel . . .‹

Silve war immer gut gelaunt, zuweilen jedoch vom Widerspruchsgeist besessen. Statt sich zu erbosen, hatte Doña Tere ihr Vergnügen daran und besänftigte sie lachend, mit vielen schönen Worten. Bei einer solchen Gelegenheit erfuhr Alfanhuí, daß die Ziege und der Gemüsegarten Unternehmungen von Silve waren. Sie hatte die Ziege aus ihrem Dorf mitgebracht, und das hielt sie der Wirtin hin und wieder vor, als ob allein diese Tatsache die Pension ständig vor dem Ruin bewahrte. So dachte sie jedenfalls, und Doña Tere ließ sie in diesem Glauben.

– Alfanhuí, du Milchgesicht! – pflegte Don Zana zu sagen –, die Leute sind töricht und lächerlich. Du gefällst mir, weil du so bist wie ich.

An manchen Tagen gingen sie spazieren. Don Zana zeigte ihm Madrid. Eines Tages schlenderten sie zum Bahnhof, um sich die Abfahrt eines Zuges anzusehen. Schon eine Stunde vorher kamen die ersten Leute, beladen mit Koffern und geflochtenen Körben. Männer, Frauen, Kinder. Die Frauen trugen meistens ein Tuch um den Kopf und bekundeten Hast und Eifer, in den Zug zu steigen. Sie konnten auf nichts anderes achten und übertrieben ihre Besorgnis. Sie trafen alle möglichen Anordnungen, bevor sie den Zug erreichten:

– Du steigst als erster ein, du gibst ihm die Koffer durch das Fenster, du nimmst die Kleine auf den Arm, du belegst die Plätze, du...

Mehr Kinder gab es nicht.

Sie wirkten wie Ameisen, diese Frauen. Allmählich füllte sich der Zug, und wer nur jemanden verabschieden wollte, blieb auf dem Bahnsteig stehen. Dann wurden viele Küsse ausgetauscht, und hier und dort weinte jemand. Die Lokomotive pfiff. Die Leute auf dem Bahnsteig winkten mit ihren Taschentüchern, bis der Zug verschwunden war.

Ein andermal gingen sie durch eine Straße in der Vorstadt und sahen, etwas tiefer als die Straße gelegen, ein riesiges Grundstück voll rostigen Eisens. Da fand man Wasserbehälter, Autoschutzbleche, Dampfkessel von Lokomotiven, Röhren, verbogene Träger, Kabel,

Stühle, Leuchtertischchen und zahllose andere Gegenstände, die alle wie Skelette aussahen. In einem Winkel häuften sich verstaubte Flaschen, deren grüne Farbe an die Gendarmen erinnerte. Unten lag das Häuschen des Wächters. Der alte Mann saß auf einem Stuhl vor seiner Haustür und rauchte gelangweilt seine Zigarre. Don Zana fragte ihn:
– Guter Mann, was um alles in der Welt bewachen Sie?
Der Wächter öffnete den Mund, um zu antworten, doch dann blickte er nur mit unsäglich traurigen Augen auf seine düstere Sammlung alten Eisens und völlig verrosteten Gerümpels.
Sie sahen eine Zigeunertruppe, die mit Tamburinen die Straße heraufgezogen kam. Und zwischen den Zigeunern einen Bären, ein Kamel, eine Ziege und einen Affen. Die Kinder eilten geschwind herbei. Ein etwa fünfzig Jahre alter Zigeuner mit einem riesigen Schnurrbart ließ den Bären tanzen. Er sang ihm mit tiefer Stimme ein monotones, einfaches Liedchen vor. Das Lied hatte keinen Text, oder der Zigeuner hatte ihn vergessen. Seine Worte erschöpften sich in einem: »Ohoooh, ohoooh, ooohoooh.« Es war ein tatarisches oder magyarisches Lied und paßte gut zu der Stimme und dem Schnurrbart. Dann forderte der Zigeuner den Bären auf:
– Mach den Betrunknen, Nicola-a-a-s!
Und der Bär wälzte sich auf dem Boden. Die Kinder lachten. Mit groben Kettenschlägen brachte der Zigeuner den Bären wieder auf die Beine und zog ihn fort. Anschließend arbeiteten der Affe, das Kamel und die Ziege, und die schmutzigen, ungekämmten Mädchen, mit Nelken im Haar, tanzten. Einige Leute legten

Kupfermünzen in die Mütze, die herumgereicht wurde, andere warfen ihre Münzen von den Balkonen herab, aber fast niemand blieb stehen, denn alle hatten dieses Schauspiel schon tausendmal gesehen, und es war traurig und langweilig anzuschauen. Eine Zigeunerin trat auch an Don Zana und Alfanhuí heran und hielt ihnen das Tamburin hin. Don Zana sagte zu ihr:

– Die Kunst macht sich nicht bezahlt, mein Kind.

VII.

Von dem verlassenen Haus

Das verlassene Haus stand in einem alten, entlegenen Außenviertel. Die Straße war mit sehr holprigen Steinen gepflastert und von den Rädern der Fuhrwerke wie zermahlen. Ehe man das Haus erreichte, sah man eine hohe, braungelbe Mauer, die sich eine kurze Strekke an der Straße entlangzog. Ein großes, wackliges Tor gewährte Einlaß in einen Hof. Der Hof war auf drei Seiten von hohen, dunklen Schuppen umgeben. Unter den Schuppen sah man aus gediente Fuhrwerke, halbe Karren, einzelne Räder, Achsen und Eisenreifen, sah man inmitten vieler gelber Späne die Hobelbank eines Stellmachers und neben ihr einen Amboß und eine kleine Schmiedeesse. Die Balken waren über und über mit Spinnweben bedeckt. In der Mitte des Hofes fanden sich Feuerspuren. Auf einem Lumpenhaufen lag eine Hündin und säugte ihre Jungen, leckte sie und leckte sie wieder.

Am Ende der Mauer stand ein Mietshaus, aus dem

viele laute Stimmen drangen und das mit vielen bunten Wandfliesen verziert war. Im Anschluß an dieses Haus fand man eine Gittertür, die in einen engen, höchstens anderthalb Meter breiten Gang zwischen dem Mietshaus und dem verlassenen Haus führte. Das verlassene Haus lag mit der Rückseite zur Straße. Die Haustür öffnete sich zum Garten, der sich am Ende des Durchgangs befand. In dem Garten wuchsen keine Bäume, wohl aber viele Blumen, die in Konservendosen und alten Kübeln gezogen wurden und dicht an der Hauswand standen. In der Mitte des Gartens erhoben sich einige Spaliere, an denen weißblühende Stauden rankten, und die Beete waren von halb in die Erde gelassenen Ziegelsteinen eingefaßt. Irgend jemand ging dort noch ein und aus, um den Garten zu pflegen. An der Wand lehnte eine Harke, und neben ihr stand eine grüne Gießkanne. Zwischen allen diesen Dingen sah man einen geschmacklosen Marmorpavillon, den vier Steinbänke und eine alte, sehr hohe und schattige Zeder umgaben.
Das Haus war aus roten Ziegeln gebaut und bestand aus nur einer Etage. Es hatte große Fenster und grüne Rolläden. Die Tür war von dichtem Laubwerk verdeckt, Schlinggewächsen, die auch die Freitreppe und das Schutzdach überwucherten und sich bis zum Dach hinaufrankten, um dort eine große Kugel zu bilden. Es sah so aus, als hätte das Haus mit diesem ungeheuren Gestrüpp von wildem Geißblatt, Efeu und anderen Schlingpflanzen sein Gesicht verhüllt. Alfanhuí trat näher, um alles genau zu betrachten. Die dickeren Triebe klammerten sich an das Geländer und an die Eisenstäbe des Schutzdachs, wanden sich um sie herum und verschmolzen mit ihnen. Sie krümmten sich,

verflochten sich ineinander und klammerten sich mit Gewalt an alles, was ihnen in den Weg kam. Die Glasplatten des Schutzdachs hatten sie bereits zerbrochen. So konnten sich die jungen Triebe ausbreiten und an den eisernen Trägern festhalten. Auf dem Boden sah man zwischen trockenen Blättern die staubbedeckten, grünen und blauen Glassplitter. Die Haustür hatte sich ganz und gar hinter dem dunklen Gestrüpp versteckt.
Alfanhuí kletterte an den kräftigsten Trieben empor und zwängte sich in die Schlingpflanze hinein. Da sah er, daß unter ihm nichts weiter war als Zweige und Zweige und eine gähnende Leere. An dieser Stelle hatten die Pflanzen nämlich die Wand über der Haustür, die Dachtraufe und einen Teil des Dachs verschlungen, als hätten sie dem Haus einen großen Biß versetzt. Alfanhuí überlegte, daß er in das Haus gelangen könnte, wenn er sich an den Zweigen hinabließe. Das Gestrüpp war außerordentlich dicht, es fesselte ihn nahezu und schien nicht enden zu wollen. Alfanhuí drängte sich immer tiefer hinein und bog mit Händen und Füßen die Zweige und Blätter auseinander. Zuweilen schien es ihm, als zögen die Triebe sich zusammen, wollten ihn zerdrücken und in ihrem Dickicht ersticken. Schließlich fühlte er, daß sein Fuß ins Leere trat. Die letzten Ranken der Schlingpflanze hingen wie Seile in das Haus hinein. Alfanhuí ließ sich an ihnen hinunter und erreichte mit einem Sprung die ebene Erde. Der Lärm, den er dabei machte, hallte in der Dunkelheit. Er hörte, wie Mäuse die Flucht ergriffen. Einen Augenblick blieb Alfanhuí stehen. Es herrschte eine große Finsternis, und nur auf dem Fußboden war ein schwacher Lichtschimmer zu sehen. Alfanhuí trat näher. Es

war ein Kamin. In dem Lichtschimmer entdeckte er die Schatten zweier Vögel, die sich oben auf den Rand des Schornsteins gesetzt hatten. Leise hörte man ihr fernes Piepen, und ihre Schatten bewegten sich auf dem Fußboden. Alfanhuí zündete ein Streichholz an. Ein großer Raum wurde sichtbar, eine Art Saal, in dem jedoch kein einziges Möbel stand. Die Türen waren weiß und mit goldenen Streifen verziert, der Kamin aus Marmor. Alles war weiß und dunkel. Mit einem neuen Streichholz ging Alfanhuí in den nächsten, noch größeren Raum, in dem sich ebenfalls ein Kamin befand. Auf diesem Kamin standen ein Spiegel und zwei bronzene Kandelaber. Alfanhuí zündete alle Kerzen an. Auch der Rahmen des Spiegels war weiß und mit goldenen Streifen verziert. Alfanhuí betrachtete sich. Der Spiegel strahlte ein tiefes gelbes Licht aus: »Wie alt ich bin!« sprach Alfanhuí zu sich und lächelte. Dann entfernte er sich von dem Spiegel, so weit er konnte, und betrachtete sich von neuem, dort im Hintergrund des Zimmers. Er winkte sich mit der Hand zu:

– Alfanhuí, wie alt du bist!

sagte er abermals scherzend. Wieder lächelte er vergnügt und lustig, und er ergriff einen der beiden Kandelaber, um sich zu beleuchten. Als er zur Tür ging, stieß er mit den Füßen an einen Gegenstand, der in der Mitte des Raumes lag. Es war das Skelett einer Angorakatze. Man sah die säuberlichen Knochen und um sie herum ein Häufchen weißer Haare. Im Vorübergehen waren durch den Luftzug, den Alfanhuís Schritte verursachten, einige Härchen aufgewirbelt und an seinen Strümpfen hängengeblieben.

In einem anderen Raum fand er auf dem Fußboden eine zerbrochene türkisfarbene Vase und neben ihr eine verwelkte Rose. Auf dem Kamin lag ein von Würmern durchbohrtes Buch. Er öffnete es und sah das Titelblatt:

Abbé Lázaro Spallanzani
Expériences pour servir à l'histoire de la génération
des animaux et des plantes
Genève 1786

Er schlug die erste Seite auf. Wenn Alfanhuí der französischen Sprache mächtig gewesen wäre, hätte er in der ersten Zeile die Worte: ›Grün nenne ich den Frosch, von dem ich sprechen will...‹ lesen können und das Buch behalten. Auch wußte Alfanhuí nicht, daß ihm der Meister alle Bücher von eben diesem Abbé Spallanzani vererbt hatte und daß sie zusammen mit dem Haus in Guadalajara verbrannt waren.

Alfanhuí ging in einen anderen Saal. Dort war ein eigenartiges Summen zu hören. In dem Lichtstrahl eines kleinen Fensters stand ein Klavichord. Weiß, mit goldenen Streifen verziert. Und von diesem Klavichord kam das Summen. Alfanhuí trat näher und schlug eine Taste an. Die Taste senkte sich langsam, und nach einer Pause erklang ein schleppender Ton, lieblich, lang und gedämpft. Alfanhuí öffnete den Deckel des Klavichords. Das Summen wurde sehr viel lauter. Er schaute hinein. Das Klavichord war ein Bienenkorb. Alles schien aus Gold zu bestehen. Die Waben waren über den Saiten errichtet. Die Bienen arbeiteten. Einige setzten sich auf Alfanhuís Hände, andere flogen in dem Lichtstrahl hinaus, und wieder andere kamen herein. Unter den Saiten befand sich ein überaus großes Honiglager. Es nahm den ganzen Klavichordkasten ein

und stand vier Finger hoch. Der Honig quoll durch die Spalten zwischen der Holzverschalung hervor und hing von dem Klavichord bis auf den Fußboden hinunter. Er bildete Fäden, die wie Fransen eines Schals aussahen.
Alfanhuí verweilte lange Zeit vor dem Instrument. Er betrachtete die Bienen bei ihrer Arbeit und all das verborgene Gold, das er entdeckt hatte. Draußen wurde es Abend. Schließlich deckte er den Bienenkorb wieder zu und schickte sich an, das Haus zu verlassen, nachdem er den bronzenen Kandelaber an seinen Platz gestellt hatte. Er kletterte an der Schlingpflanze wieder hinauf und gelangte in den Garten. Das Abendlicht verwirrte ihn, er kam sich ganz verlassen vor.
In dem Garten spielte jetzt ein kleines, etwa siebenjähriges Mädchen. Es füllte viele bunte Blechformen mit feuchtem Sand und stülpte sie um. Auf dem Erdboden lag ein Märchenbuch. Als das kleine Mädchen Alfanhuí aus den Schlinggewächsen herauskommen sah, stand es auf und musterte ihn verwundert von oben bis unten. Anmutig fragte es ihn:
– Bist du der Ritter Zarambel?

VIII.

Von der Feuerwehr in Madrid

Eines Tages sahen Alfanhuí und Don Zana ein Feuer. Eine Frau auf einem Balkon schrie herzzerreißend. Aus den Fugen des Hauses quoll Rauch hervor. Leute scharten sich um das Haus. In der Ferne hörte man schon die Glocke der Feuerwehr. Und alsbald kamen sie die Straße entlang, prächtig anzuschauen mit ihrem scharlachroten Wagen, der goldenen Glocke und ihren sauber glänzenden goldenen Helmen. Sie brachten eine festliche Freude mit.

Damals gab es in Madrid viele Kinder, die Feuerwehrmänner werden wollten. Es war eine friedliche Zeit, und auch die mutigsten Kinder träumten nichts anderes. Denn der Feuerwehrmann war der Held aller Helden, er hatte keine Feinde, und er war der größte Wohltäter der Menschheit. Mit ihren breiten Schnurrbärten flößten die Feuerwehrmänner Respekt ein, und mit ihren Uniformen waren sie die Helden unter den Bürgern. Mit ihren Helmen sahen sie aus wie Griechen und Trojaner, aber sie waren gelassen und höflich, dick und gütig. Ehre den Feuerwehrmännern!

Auf der anderen Seite waren sie die großen Freunde des Feuers. Man mußte nur sehen, mit welcher Freude sie kamen, mit welcher Begeisterung sie arbeiteten und wie ihre roten Wagen frohlockten. Mit ihren Äxten zerschlugen sie viel mehr als nötig. Sie waren ihrer unendlichen Ruhe überdrüssig, und der Alarm berauschte sie, die Flammen begeisterten sie, und mit Behagen kamen sie zur Feuerstelle. Ihr ganzer Mechanismus bei der Arbeit war Betriebsamkeit und Eile. Sie besiegten das Feuer einzig und allein, weil sie ihm eine noch größere Geschäftigkeit und noch größere Geschwindigkeit entgegenhielten. Und das gedemütigte Feuer zog sich in seine Schlupfwinkel zurück. Sie kannten dieses Geheimnis, das einzig wirksame gegen die Flammen. Sie waren dem Feuer da überlegen, wo dieses sich für besonders großartig hielt: sie waren schneller und boten das bessere Schauspiel. Alle Augen wandten sich ihnen zu, das Feuer sah niemand mehr.

Sie liefen weniger als jeder gewöhnliche Mensch, aber sie liefen nach heiligen und gymnastischen Regeln, Kopfhoch, Brust heraus und die Fäuste vor der Brust. Die Füße hoben sie weit vom Boden, die Knie nach außen, und niemals stießen sie miteinander zusammen. Darum sagte alle Welt:
– Wie schön sie laufen!
Niemals brachten sie jemanden durch die Tür heraus, auch wenn es noch möglich war, sondern immer durch die Fenster oder über die Balkone, denn der Anblick war wichtig für den Sieg. Da gab es manchen Feuerwehrmann, der in seinem Eifer das junge Mädchen vom ersten Stockwerk in das fünfte hinauftrug, um es von dort aus zu retten.
Stets und in jedem Stockwerk befand sich ein junges Mädchen. Alle übrigen Bewohner verließen das Haus, bevor noch die Feuerwehr kam. Aber die jungen Mädchen mußten bleiben, um gerettet zu werden. Es war das heilige Opfer, das das Volk seinen Helden darbrachte, denn es gibt keinen Helden ohne Dame. Wenn die Stunde des Feuers gekommen war, dann kannte jedes Mädchen seine Pflicht und Schuldigkeit. Während alle anderen eiligst mit ihrer Habe flohen, erhoben sie sich langsam und tragisch und gaben den Flammen Zeit. Sie rieben Schminke und Putz von ihrem Antlitz, lösten ihre langen Haare, entkleideten sich und legten das weiße Nachthemd an. Schließlich traten sie in feierlicher Pracht auf die Balkone, um zu schreien und die Hände zu ringen.
So sah es Alfanhuí an jenem Tage, und so geschah es, wann immer es brannte. Und es geschah immer das gleiche, weil es eine Zeit war, da Ordnung, Ehrfurcht und gute Sitten regierten.

IX.

Vom Karneval und von dem bitteren Ende eines heimlichen Zwistes zwischen Alfanhuí und Don Zana

Schließlich graute der Morgen eines ungestümen, widrigen Tages, eines Tages mit hartem, stählernem Himmel und falkenschnellem Sturm. Wenige bleiche Wolken eilten in der Ferne über den östlichen Horizont. Am Himmel tobte es wie auf einem Schlachtfeld. Die Stadt schwieg, sie lag geduckt inmitten der Felder gleich einem riesigen, furchtsamen Hasen. Die schwarzen Blechschornsteine, aus denen jetzt kein Rauch emporstieg, klapperten im Wind. Wehrlos lag die Stadt unter dem Himmel, weder bewachten die Vögel ihre Luft, noch der Rauch ihre Dächer. Sie schwieg und krümmte ihren Rücken unter dem Sturm wie ein verstörtes Tier. Und der Nordost schlug die Straßen und fiel über sie her, als fordere er für irgend etwas Rache. In den Innenhöfen und auf den offenen Plätzen hinter den Häusern knallte die aufgehängte Wäsche. Rücksichtslos warf sich die Sonne mit dem flächigen Licht der Ebenen auf die Stadt. Die Stadt war nackt und bloß. Man sah sie über den Feldern, ihres schützenden Traumes beraubt. In ihren geöffneten Augen spiegelte sich die Angst vor ihrer Einsamkeit, und sie blickte rund um sich herum, als wollte sie sagen: ›Ich bin nichts gegen diese Felder.‹

Es war ein Tag für die Blassen und Hilflosen. Sie stiegen auf die flachen Dächer, um mit übernächtigten Augen auf das ferne Gebirge zu schauen und sich, dem Winde trotzend, auch einmal stark zu fühlen.

Hinter den dunklen Fensterscheiben jedoch blickten Frauen mit furchtsamen Augen in den Tag und den Wind, und schaudernd sagten sie: »Schlecht beginnt dieser Karneval.«
So verging der ganze Tag. Der Nordost ließ nicht nach, und kaum jemand wagte sich auf die Straße. Und bei Sonnenuntergang waren alle Träume weggefegt, und die Stadt war nackt. Alfanhuí und Don Zana sahen sich nicht. Alfanhuí hatte den Tag draußen verbracht, war langsam durch die Straßen geschlendert, die Hände in den Jackentaschen, den Kopf hoch, die Nase im Wind, aufmerksam und fröstelnd.
Als die Nacht hereinbrach, befanden sich Alfanhuí und Don Zana an zwei entgegengesetzten Enden der Stadt. Don Zana im Süden, Alfanhuí im Norden, auf der Seite, von der der Wind kam.
Schließlich legte sich der Nordost, und die Stunde hatte geschlagen. Don Zana begann die Masken zu suchen. Er ging in die Häuser und wählte die traurigsten Menschen aus. Er hieß sie eine Maske aufsetzen und auf die Straße hinuntergehen, um dort zu lachen und zu singen. Niemand widersetzte sich. Und so versammelte er allmählich einige Dutzend Masken und zog mit ihnen in das Zentrum der Stadt.
Allein und entschlossen näherte sich Alfanhuí von der anderen Seite dem Zentrum.
In der Ferne hörte man schon die Schar der Masken. Sie machten Musik, sangen und tanzten, und hin und wieder verweilten sie, um die neu Hinzugekommenen in ihren Kreis aufzunehmen. Allen voran schritt Don Zana. Mit Gewalt brachte er sie zum Lachen und gönnte ihnen nicht einen Augenblick Ruhe. Einige gingen als Schwein oder Gorilla, andere als Hanswurst

oder mit einer riesigen Nase. Die Stimmen wurden durch die Pappmasken entstellt und kamen wie ein Grunzen aus ihnen hervor. Manche weinten in ihren Masken, und die Farben liefen aus und verwischten sich. Aber Don Zana ließ ihnen keine Ruhe. Zuweilen stießen sie gegen die Mauern oder gegen die Laternenpfähle. Sie gingen gebückt, schleiften mit den Füßen, purzelten zu Boden und stolperten immer wieder über ihre langen, bunten Mäntel. In heilloser Verwirrung zog die düstere Schar, ihrem Gelächter erbarmungslos ausgeliefert und gleichsam ihres Willens beraubt, unter einer unermeßlichen Bürde einher. Die Masken sangen, heulten und grunzten, als wären sie alle dem Wahnsinn verfallen. Don Zana, der hurtige Paladin, bildete mit seiner unermüdlichen Art den Gegensatz zu diesen großen, plumpen und krummen Gestalten, die unter ihren Kostümen schier zusammenbrachen.

Endlich hielt Don Zana ein. Hinter ihm ballte sich das ganze Gefolge zu einem unförmigen Knäuel zusammen, das summte und mit einem näselnden, dumpfen Gemurmel leicht hin- und herschwankte. Don Zana stand noch immer ruhig da und beobachtete das andere Ende der Straße. Ein weißes, zartes Gesicht hob sich in der Dunkelheit ab. Die eine Gesichtshälfte wurde vom Mond beschienen, die andere lag im Schatten der Nacht.

Einen Augenblick schauten Alfanhuí und Don Zana einander an. Alsbald setzte sich Alfanhuí in Bewegung. Die Schar der Masken stob lautlos auseinander. Jede floh in eine andere Richtung und verschwand in der Nacht. Die Masken und Kostümfetzen ließen sie über den Boden verstreut zurück.

Alfanhuí und Don Zana schritten aufeinander zu. Jetzt

hätte Don Zana lieber das Weite gesucht, doch Alfanhuí hielt ihn mit seinen Blicken fest.
Im finsteren Schatten einer Straßenecke trafen sie zusammen. In Alfanhuís gelben Augen funkelte der Zorn. Er packte Don Zana an den Füßen, schwang ihn in die Luft und begann, ihn gegen die steinerne Ecke zu schleudern. Der runde, dicke Kopf löste sich und Don Zanas gemaltes Grinsen rollte über den Boden und zerschellte an den Pflastersteinen. Es klang und polterte wie Holz. Voller Wut schlug Alfanhuí zu, und Don Zana zersprang in tausend Splitter. Schließlich hatte Alfanhuí nur noch die weinroten Schuhe in der Hand. Er warf sie zu den Splittern, atmete tief und lehnte sich an die Mauer. Ein Nachtwächter kam eilends herbei und schrie:
– He! Was ist das für ein Spektakel?
Alfanhuí antwortete nur kurz:
– Nichts, ich.
Der Nachtwächter sah die Reste von Don Zana, die verstreut auf dem Boden lagen.
– Und was ist das hier?
– Wie Sie sehen, Splitter und Lumpen – sagte Alfanhuí, während er sie wie zufällig in ein Kanalloch stieß.

X.

Von Alfanhuís Blindheit und von seiner schmerzhaften Flucht

Alfanhuí erkannte die Blindheit an einem scharfen und schmerzhaften Stechen. Anfangs dünkte ihn alles rot, rot wie Paprika oder weinrot wie Don Zanas Schuhe.

»Ich hätte nicht gedacht, daß Don Zana bluten würde.«

Er betastete sich. Ein Fieber stieg in ihm auf und glühte in seinen Schläfen. Ein Fieber schärfte seine Hände und schmerzte ihn bis in die Fingerspitzen. Es kam ihm vor, als würden seine Finger immer dünner und schrecklich lang. Und bei jeder Berührung schmerzten sie ihn, schmerzten, wenn er Mauern, Bürgersteige oder Laternenpfähle betastete. Und er versuchte sich in seiner Blindheit die Dinge vorzustellen, wie es ihm die gaukelhafte Laune der Umnachtung eingab. Die Laternenpfähle waren Stangen brennenden Siegellacks und spritzten glühende Tropfen. Die Mauern waren Reibflächen und wollten die Kuppen seiner langen, vom Fieber geschwollenen Finger wie Streichhölzer entzünden. Er legte die Fingerspitzen in den Mund, um sie zu kühlen, und sie schmeckten nach Blut. Er ging nur langsam, um sich die Hände möglichst wenig zu verletzen, fand aber keinen Ausweg aus diesen Straßen, die sich auf hölzernen Rollen zu drehen schienen und ihm den Weg versperrten. Und er vernahm den Lärm der vielen Fuhrwerke, die über diese Straßen gefahren waren. Dachtraufen fielen herab und verletzten seine Schläfen und seine Stirn. Er versuchte sich ein wenig auszuruhen und legte seine Hände auf den Boden, doch unter seinen Fingerspitzen fühlte er ein Rattenfell. Und wenn er die Hände in die Luft hob, spürte er, daß Fledermäuse an ihnen nagten.

»Ich hätte nicht gedacht, daß Don Zana bluten würde.«

Wieder rollten die Straßen mit dem Geräusch der Karossen, und wieder verstummten sie. Rot und Grau kehrten regelmäßig und beharrlich wieder, wechselten einander ab. Das Rot der Schuhe, das Grau des Rattenfells. Alfanhuís Augen weiteten sich und zogen sich wieder zusammen, als atmeten sie, und ein lauer Schweiß perlte von seiner Stirn. Seine Hände verfingen sich auch in den Akazien, und seine zarten Fingerglieder spalteten sich. Die Akazien waren schwarze Dornbüsche, die sich bewegten und miteinander verflochten. Hin und wieder zerkratzte er die Glasscheiben eines Fensters. Selbst die Luft bereitete seinen Fingern Schmerzen, und überall schien die Straße mit grauen Flanellstoffen verhangen zu sein, die wie Gardinen von einer Straßenseite zur anderen gespannt waren. Er konnte sich jetzt nur noch auf seine Hände verlassen, und sie waren groß und empfindsam geworden. So empfindsam wie sein Wunsch, zu fliehen und sich zurechtzufinden, sein Los zu ändern und nicht zu bleiben, wo er Don Zana getötet hatte.

»Doña Tere werde ich nun nicht wiedersehen.«

Er blieb einen Augenblick stehen. Trotz seiner Blindheit und der großen Schmerzen war er nicht verwirrt, sondern überlegte ruhig und gelassen.

»Ich will den Fluß suchen. Auf der anderen Seite des Flusses ist das weite Land. Doña Tere werde ich nun nicht wiedersehen. So soll es wohl sein.«

Und wieder streckte er seine Finger aus, um sich weiterzutasten, und je mehr er sich zurechtzufinden trachtete, desto mehr schmerzten sie ihn.

»Ich könnte mich ausruhen. Ich könnte mich darein schicken, nicht zu fliehen, und meine Hände würden wieder, wie sie früher waren. Aber ich muß von hier fortgehen.«

Und wieder drängte es ihn weiter. Er sah ein, daß es einen Ausweg zu suchen galt, und er ertrug allen

Schmerz und das widerwärtige Gefühl an seinen Fingern. Jetzt hatte ihn das Fieber geschwächt, und er fühlte sich feucht und matt. Eiskalter Schauder und ein entsetzliches Grausen schüttelten ihn.

Aber die Stadt war endlos, und niemals gelang es ihm, den Fluß zu erreichen. Er beschloß, auf die flachen Dächer hinaufzusteigen, um Atem zu schöpfen. Bei seinen spitzen und langen Händen bereitete ihm der Aufstieg keine Mühe, und bald fühlte er, daß er oben stand. Dort wurde alles wieder etwas leichter und erträglicher.

»Jetzt werde ich nur noch geradeaus gehen, von Dach zu Dach.«

Er sah die Augen der Katzen, deren Funkeln in seine Blindheit drang, und ging weiter, kletterte über Geländer, Dachluken und Schornsteine, stieg Eisenleitern hinauf und hinab, stolperte über Drähte und immer mehr Drähte und überquerte auf Leitungen und Kabeln die Straßen, von einem Häuserblock zum anderen.

Nach und nach wurden die Dächer gleichmäßiger und waren weniger verworren, und Alfanhuí stieß von Mal zu Mal auf weniger Hindernisse. Schon bedurfte es nicht mehr der großen Empfindsamkeit seiner Hände, und ihm schien, sie wurden wieder kleiner und bereiteten ihm weniger Schmerzen. Die Dächer wurden geräumiger und flacher und waren kaum noch voneinander getrennt.

Alfanhuí begann verschwommen zu sehen. Es war noch Nacht, aber die Dächer waren lang geworden und hatten Streifen bekommen. Alfanhuí bückte sich, den Boden zu betasten. Seine Hände griffen in Erde. Schon waren es nicht mehr Dächer, sondern gepflügte

Äcker. Er hatte die Stadt auf dem hohen Weg verlassen.
Alfanhuí blieb stehen. Er begann klarer zu sehen. Der Morgen graute. Er betrachtete seine Hände. Von dem vielen Umhertappen waren sie ganz zerkratzt und voller Blut. Er entdeckte an seinen Händen aber auch ein anderes, weinrotes Blut. Es war die Farbe von Don Zanas Schuhen, und von dieser Farbe war er blind geworden, als er sich mit seinen Händen die Augen gerieben hatte. Alfanhuí legte sich auf die Erde und ruhte aus.

Dritter Teil

I.

Von den großen und rauhen Gefahren des Gebirges

Im Land der Geest, am Rand des Gebirges, singt der alte Vogel sein Lied. Auf den Mauern aus Schieferstein, neben der weißen Straße, krächzt er und wiegt seinen Schwanz. Dem Fuhrmann raubt er das Brot und beschmutzt ihm den Karren. Er schreit in die Kornfelder, wenn die Zeit ihrer Reife naht. Mit seiner Stimme trocknet er die Felder für die Ernte. Die anderen Vögel ziehen fort, aber die Elstern bleiben zurück, alte Vögel der Hochebene. Sie zeigen unheilvolle Verbrechen an und fordern Rache für die geschändeten Mädchen. Sie erkennen die Menschen und verstehen viel von Geographie. Sie wissen alles, was in den Dörfern und auf den Straßen geschieht. Sie nennen die Namen der Toten und erinnern sich ihrer ohne Gram. Sie erzählen einander die Geschichten der Toten. Auf dem Weg zum Kirchhof sehen sie die Toten vorüberziehen. Dann verweilen sie auf einem Stein und erzählen sich, was sie gesehen haben. Die Menschen leben und altern, die Elstern sprechen und schauen. Die Elstern glauben nicht an die Hoffnung und grämen sich darum nicht. Sie wollen nur erzählen, und sie wiederholen die Namen der Toten. Die Toten folgen dem Weg zum Gebirge. Sie ziehen wie regenlose Wetterwolken einher und überschreiten die dunklen Gipfel. Ihre Namen leben in der Stimme der Elstern fort.

Das Gebirge ist voller Schweigen und Widerhall. Wie der Leib der Wölfin ist auch der Leib des Gebirges, wild und mütterlich zugleich. Das Gebirge versteckt seine Quellen in den Wäldern, wie die Wölfin ihre Zitzen im Fell. Sanft liegt das Gebirge da und säugt die Ebene. Nur manchmal erhebt es sich hart und schroff und zerreißt die Lippen der Felder.
Oberhalb der Wälder beginnen die kahlen, abschüssigen Hänge mit ihrem Geröll und ihren steilen Pfaden. Dort entsteht der Flußsand. Das Gebirge zerkratzt sich die Brust und schleudert Lawinen eckiger Steine in die Tiefe. Das Gebirge versorgt die Flüsse in der Ebene mit Sandflächen, und seine Augen schlummern im Sand der stillen Gewässer.
Wo die Steinhalden enden, ragt jäh und senkrecht die Stirn des Gebirges auf. Wie ein Alpdruck wirken die riesigen Fratzen, wenn sie zum Vorschein kommen, alte felsige Fratzen, die gen Süden schauen. Auf ihren vorspringenden Unterlippen lassen sich die Geier nieder. Aus ihren Nasen tropft Wasser, wächst Moos, und auf ihren Augenrändern nisten wie Schmutz die Taranteln. Sie blicken mit schlaftrunkenen Augen auf die Ebene. Die Berge richten ihr Antlitz gen Süden, und die Wanderer kennen sie von dieser Seite. Die Namen der Berge sind auf ihre Sonnenseite geschrieben, von ihrer Schattenseite kennt sie niemand. Im Norden krümmen sie ihre dunklen, unbekannten Kuppen unter dem Nordwind. Dort verirren sich die Menschen auf den baumlosen Rücken, weil sie die Berge von ihrer Rückseite nicht wiedererkennen. Dort bricht die Gebirgskette nicht plötzlich ab, sondern verläuft wellig in düsteren Klüften.
Die großen Gebirgsfratzen verbargen ihre Kämme in

den Wolken, in den schwarzen, dichten Wetterwolken. Unten, in der Trift, war noch ein wenig Tag. Über der Stirn des Gebirges jedoch lag schon die Nacht. Eine Wolkennacht, die aus dem Norden kam. Man hörte, wie sich die wilden Rosse streckten. Die Rosse des Unwetters, die über die Zacken der Berge galoppieren und mit ihren Hufen die Blitze schlagen. Die Blitze durchzucken die Augen der Fratzen. Aber der Blick der Fratzen bleibt gleichgültig. Ihre weißlichgrünen Gesichter erhellen sich in der Dunkelheit der Nacht, heiter und schrecklich, unendlich groß und nahe, als wollten sie sagen:

›Hier sind die Wächter.‹

Dort unten, auf dem Triftweg, drängten die Merinos voran. Man hörte ihre Glocken und ihr Blöken. Die kleinen Herden wanderten durch den trüben, furchterregenden Tag. Die Hirtenknaben trieben zur Eile und blickten ängstlich hinauf zu den unheimlichen Gipfeln: »Nicht lange, und die Nacht und das Unwetter werden wie der Geier über uns herfallen und uns im Gebirge vernichten.« Den Schafen folgten die Männer zu Pferd und die Frauen auf Mauleseln, die Kupferkessel, die Schafhürden und die Ölhörner, die Satteltaschen, die Decken, die Dreifüße und die Pfannen. Die Fohlen wieherten, und auf dem empfindlichen Kupfer der Kessel flackerte bedrohlich der Widerschein des Wetterleuchtens. Unheimlich sanken Nacht und Wolken auf das Tal herab.

Bald zerspalteten Blitze die Wolken, der erste Donner hallte, und blaues Licht durchzuckte für einen Augenblick die Trift. Die Schafe wurden von Furcht gepackt. Da zerrte der Mann, der allen voranritt, seine Stute am Halfter, als wollte er einen Schlachtbefehl erteilen. Er wandte sich den Herden zu und bedeutete den Hirtenknaben mit lauten Rufen, sie sollten die Schafe zusammentreiben und sie in der Mitte des Triftwegs versammeln. Er eilte hin und her und gab seine Befehle wie ein Schiffskapitän. Gleich darauf begann es zu regnen, und Blitze und Donner jagten einander. Zwischen dem Krachen vernahm man die Rufe und Pfiffe der Hirtenknaben und das Wiehern der Pferde. Schon war es finstere Nacht, und das Unwetter wütete heftig. Eine Herde brach aus und stürzte einen Steilhang hinab. Zwei Männer kletterten in die Tiefe der Schlucht. Im Schein einer Öllaterne und im Licht der Blitze suchten sie die Schafe, um ihnen den Gnadenstoß zu versetzen. In aller Eile enthäuteten sie die Tiere und luden ihre Felle auf einen Maulesel. Die flinken Messer blitzten in der Nacht, fuhren hin und her, säuberten die feinen Knochen, schnitten an den zuckenden Sehnen entlang und suchten die weichen Knorpel zwischen den dünnen Gelenkknochen. Und der Blutgeruch mischte sich mit dem schwefligen Geruch der Blitze. Die Frauen verkrochen sich unter ihren Decken und drückten ihre kleinen Kinder an sich.

Alfanhuí stand oben am Fuß der riesigen Fratzen und hörte, wie sich die Wanderherden immer weiter entfernten und sich bergabwärts verloren. Doch er wollte nicht wieder umkehren und folgte darum seinem beschwerlichen Weg gen Westen. Er ging um die Stirnseite des Gebirges herum und flüchtete sich, wenn das Unwetter gar zu heftig tobte, in die Felsspalten. Schließlich erreichte er einen Paßweg, der sich scharf in den Kamm des Gebirges schnitt. Dort brauste der Nordwind hindurch, um über der Sonnenseite niederzugehen. Dicht an den Felswänden schritt Alfanhuí im

Licht der Blitze voran und überquerte den Paß nach Norden.
Wie durch ein Wunder tobte dort das Unwetter nicht. Der Mond versilberte die schwarzen Kuppen der Höhen, die sich in ihre Mäntel gehüllt hatten. Auf dem Erdboden wuchsen nur ein paar dunkle Sträucher, die dem Ginster ähnlich, jedoch kräftiger und niedriger, dichter und runder waren. Sie waren so rund, daß man hätte meinen können, sie wären wie Gartensträucher gestutzt. Unter der Kälte krümmten sie sich und schrumpften zusammen. Es war eine Wüste von Bergen, vielen braunen Bergen, die mit jenen düsteren und einsamen Ginsterbüschen bedeckt waren.
Alfanhuí fror. Zum ersten Mal spürte er die grimmige und trostlose Kälte der Hochebene.

II.

Alfanhuí erholt sich und setzt seinen Weg fort

Als der Februar zu Ende ging, besaß Alfanhuí kaum noch Kleidung und war im Gebirge vor Kälte schon fast erfroren. Und als der März kam, saß er an einem Feuer und lebte zwei Wochen von der Barmherzigkeit der Leute. Sie hatten ihn in einem so jämmerlichen Zustand gesehen, daß sie ihm in einem Häuschen Obdach gewährten. Es waren die bittersten Tage seines Lebens gewesen, als er wie ein Bettler und wie ein Flüchtling durch das Gebirge gewandert war. Doch in dem Häuschen hatte er die Kälte und seine Leiden bald vergessen, und er erzählte den Bergbewohnern lange Geschichten. Als der Tag seines Aufbruchs kam, erhob

sich Alfanhuí in aller Frühe. Die kleine Tochter, die zehn Jahre alt sein mochte, war gerade damit beschäftigt, das Feuer anzuzünden, und pustete in die Glut. Sie trug ein Tuch um den Kopf, dicke Strümpfe und eine rote Schürze vor ihrem schwarzer Kleid. Alfanhuí trat an die Tür, um nach dem Wetter zu sehen. Das kleine Mädchen stellte sich neben ihn. Und da hörte Alfanhuí zum ersten Mal seine Stimme, denn es hatte während der ganzen Zeit kein einziges Wort gesagt:
– Du, ich weiß noch alles, was du erzählt hast. Wenn sich niemand mehr an deine Geschichten erinnert, werde ich allein sie kennen. Aber ich werde sie niemandem weitersagen.
Alfanhuí blickte das Mädchen einen Augenblick an und fragte:
– Wie heißt du?
– Urraca.
– Ich werde deinen Namen auch nicht vergessen.
Das Mädchen fing an zu weinen und bedeckte sein Gesicht mit den Händen. Eilends lief es hinaus, lief in den Garten, der hinter dem Haus auf einer Anhöhe lag. In diesem Garten stand ein Brunnen, und daneben wuchs eine Eiche. Die Stimme des Mädchens war schwach und traurig, war dünn wie die Stimmen der Gebirgslämmer.
Alfanhuí nahm Abschied von den Bewohnern des Häuschens. Sie gaben ihm Decken und Schuhe, damit er seinen Weg fortsetzen konnte.
– Wohin gehst du jetzt?
– Nach Moraleja.
– Bist du von dort?
– Nein. In Moraleja wohnt meine Großmutter.
Er winkte mit der Hand und ging fort.

Nachmittags führte ihn der Weg in verschneites Gelände. Alfanhuí stieß auf zwei fast gänzlich mit Schnee bedeckte Marksteine, die einander gegenüberlagen, zu beiden Seiten der Straße. Er streifte den Schnee von ihnen ab und las:

DIE
NONNE
SUSANA

Und auf dem anderen:

DIE
HEXE
EDELMIRA

Es waren zwei niedrige, bemooste Granitsteine. Er fragte eine Alte, die auf einem Esel des Weges kam, und erfuhr:

Das wäre eine alte Geschichte. Die Nonne Susana wäre die wunderhübsche Äbtissin eines Klosters gewesen, das schon lange nicht mehr bestände. Während vieler Jahre hätte es zwischen ihr und der Hexe Edelmira großen Streit gegeben, und eines Tages hätten sie sich an eben dieser Stelle getroffen und einander umgebracht. Die Nonne wäre auf den Rücken gefallen, die Hexe auf den Bauch, und deshalb stände es so geschrieben.

»Hü! hott!« trieb die Alte den Esel an und zog weiter. Nur die Fußtapfen des Esels blieben im Schnee zurück. Eine Zeitlang wanderte Alfanhuí noch nach Westen. Schließlich stieg er bergab und wandte sich nun nach Süden. Er kam durch herrliche Eichenhaine und Kastanienwälder und fand, schon fast in der Ebene, ein Dorf. Die Häuser waren aus großen Steinen gebaut, und die Straßen fielen steil ab. Das Dorf besaß einige heiße Quellen, aus denen schwefelhaltiges Wasser hervorsprudelte. Vor den Quellen breitete sich ein Park aus, in dem eine große runde Ulme stand. Diese Ulme konnte mit ihrer Krone die Winde aufgreifen und sie dort sieben Tage und sieben Nächte lang gefangenhalten. Sobald im Sommer ein frischer Wind vorüberkam, fing ihn die Ulme und behielt ihn eine Woche lang. Dann drehte und drehte sich der Wind in ihrer Krone und konnte nicht wieder hinausfinden. Die Dorfbewohner aber setzten sich unter die Ulme und genossen diesen frischen Wind, der unentwegt rauschte und die Blätter wiegte, als wäre es Frühling. Und alle Vögel versammelten sich in diesem Baum und verschönerten die Abende mit ihrem Gesang. Sie flatterten in Spiralen zwischen den Zweigen der Ulme umher und flogen niemals fort. Wenn sieben Tage und sieben Nächte vergangen waren, wurde der Wind warm, seine Kräfte erschöpften sich, und die Ulme ließ ihn durch ihre unteren Zweige hinaus. Dem Wind aber war schwindelig, und er wußte nicht, wohin er ziehen sollte. Bei gewöhnlichen Winden bewegte sich diese Ulme nicht, doch wenn sich nirgendwo ein Lüftchen regte und nur ein Wind vorüberzog, der sich verirrt haben mochte, griff sie ihn auf. So geschah es, daß die Ulme, während alle anderen Bäume in dieser Gegend ruhig und still waren, ganz allein sich im Winde wiegte und inmitten des Parks fröhlich rauschte.

Dieses war schon das letzte Gebirgsdorf. Alfanhuí sah in der Ferne die Ebene und über ihr die weiße, noch schwache Wintersonne.

III.

Von dem Riesen im roten Wald

Die Ebene zeigte sich hell und freundlich. Hier und da breiteten sich lichte Wälder aus. Die sonnenverbrannte Erde war noch feucht vom Tau. Im Gestrüpp leuchteten schon die Rosen mit ihren Farbtupfen, und man sah die Fäden der gelben Spinne, die am Gürtel hängenbleiben. In der Ferne erblickte Alfanhuí den Saum eines Waldes. Es war ein roter Wald. Die Bäume hatten dicke, kirschrote Stämme und Kronen von einem glänzenden, dunklen Grün. Sie waren nicht sehr hoch. Die vielen roten Stämme im Hintergrund aber gaben dem Unterholz ein heiteres, seltsames Licht. Der Erdboden war sehr eben. Kurzes Gras und viele große Pfützen mit kristallklarem Wasser, kaum zwei Finger tief, bedeckten ihn. Am Rande dieser Pfützen wuchs das Gras kräftiger, und manchmal sah man graue Kraniche, die zwischen weißen Steinen verschlafen auf einem Bein standen. Das Rot der Baumstämme, das Grün der Kronen und das hellere Grün des jungen Grases, das Grau der Kraniche, das Weiß der Steine und das Glänzen der Pfützen, das alles, zusammen mit dem hellen Blau des Himmels, schuf mitten am Morgen ein so farbenfrohes Bild, wie Alfanhuí es in keinem anderen Frühling gesehen hatte. So gut gefiel es ihm, dort zu wandern, daß er gewünscht hätte, der Wald würde niemals enden.

Da sah er von weitem eine dunkle Gestalt. Es war ein gewaltiger Mann, der mit seinem Kopf bis an die Baumkronen reichte. Alfanhuí näherte sich ihm. Der Mann war fast so groß und stark wie ein Riese. Da er

Alfanhuí den Rücken zugedreht hielt, hatte er ihn noch nicht bemerkt. Alfanhuí fragte ihn:
– He, ist es noch weit bis Moraleja?
Überrascht wandte sich der riesige Mann um:
– Nein. Von hier noch zwei Meilen.
Er war einäugig, aber dieses eine Auge war voller Licht und Güte. Er sah ein wenig schüchtern aus.
– Was tust du hier? – fragte ihn Alfanhuí.
– Ich habe gerade ein paar Zweige für mein Feuer geschnitten. Ich wohne in der großen Hütte, die man dort hinten sieht.
Der Mann wies auf eine Stelle, wo das Gelände leicht anstieg, so daß es vor den Pfützen sicher war.
– Wohnst du dort ganz allein?
– Ja.
– Dann werde ich, wenn es dir recht ist, heute bei dir bleiben und dir Gesellschaft leisten.
Der Mann freute sich sehr, daß Alfanhuí bei ihm bleiben wollte, und beide erzählten einander an jenem Tag ihre Geschichten. Der Mann hieß Heraclio. Er war hier in der Nähe geboren, aber seine Eltern stammten aus einer anderen Gegend. In einem benachbarten Dorf hatte er die meiste Zeit seines Lebens gewohnt und war Böttcher gewesen. Doch jetzt übte er diesen Beruf nicht mehr aus. Eines Tages hatte er nämlich jemanden aus dem Dorf geschlagen, und da er so groß war, entrüsteten sich alle Leute über ihn und verurteilten ihn zum Tode. Dreimal hatten sie versucht, ihn hinzurichten, aber jedesmal kam etwas dazwischen und hinderte sie daran. Da meinten alle, dies sei ein Zeichen, daß Heraclio den Tod nicht verdient habe, und so verbannten sie ihn in jenen Wald, in dem er nun als Steinhauer lebte. Das Auge hatte er eines Tages

durch einen Steinsplitter verloren. Heraclio besaß einen Schatz, den ihm seine Eltern hinterlassen hatten. Es waren zwei mächtige elfenbeinerne Hauer und zwei Kugeln, die ebenfalls aus Elfenbein bestanden und so groß wie Wassermelonen waren. ›Niemand wußte, was man damit hätte anfangen können. Aber es war ein wirklicher Schatz, weil man ihn nicht verkaufen konnte. Die Leute glauben, daß alles, was viel einbringt, ein Schatz ist, aber der wahre Schatz ist etwas, das man nicht verkaufen kann. Ein Schatz ist etwas, das so viel wert ist, daß es keinen Wert hat. Ja, er könnte seinen Schatz nach dem Gewicht des Elfenbeins verkaufen, aber der Schatz ginge dabei verloren, verkaufte er doch einzig und allein das Elfenbein. Der wahre Schatz ist mehr wert als das Leben, denn man stirbt, ohne ihn verkauft zu haben. Er hilft nicht, das Leben zu bewahren. Der Schatz ist viel wert und zugleich nichts wert. Das ist es, was den Schatz ausmacht: daß man ihn nicht verkaufen kann.‹
Während der Mann diese Dinge sagte, lächelte Alfanhuí ihm zu. Dann verstummte der riesige Mann und richtete den Blick in die Weite. Er sah die achatfarbenen Berge, graue, weiße und blaue. Im Westen neigte sich die Sonne. In dem Auge des Riesen waren der Wald und die Ferne. Das nahe, kräftige und fröhliche Rot mischte sich mit einer fernen, melancholischen Klarheit. Und zwischen der Pupille und dem Horizont kreuzten gemächlich, wie in einem Traum, die majestätischen Hirsche. Leicht, lautlos und vornehm schritten sie zwischen den roten Stämmen zum Wasser.
Als es Nacht wurde, zündeten Alfanhuí und der Riese das Feuer an. Der Riese hatte das Brennholz, das er für seinen eigenen Bedarf brauchte, schon gefällt, als Al-

fanhuí ihm des Morgens begegnet war. Doch sobald er vernahm, daß Alfanhuí sein Gast sein würde, hatte er sich von neuem auf die Suche nach Holz gemacht. Auf diese Weise gab es nun zwei Armvoll Holz in der Hütte, einen für den Mann und den anderen für Alfanhuí. Sie häuften alles zu einem einzigen Stapel und steckten ihn an. Sie erzählten einander und freuten sich, während das Abendessen kochte. Dann verzehrten sie ihr Essen und sprachen auch nach dem Abendbrot noch lange, bis sie sich schlafen legten.
Am nächsten Morgen drückte Alfanhuí die Hand des Riesen, und sie blickten sich herzlich an. Alfanhuí brach auf, doch ehe er sich zwischen den Baumstämmen verlor, blieb er einen Augenblick stehen, drehte sich um und sah Heraclio zum letzten Mal. Der stand noch immer neben seiner Hütte und schaute ihm nach.
Alfanhuí verließ den roten Wald und begab sich auf den Weg nach Moraleja.

IV.

Von der Großmutter

Alfanhuís Großmutter wohnte in einer zweiten Etage, in die man durch einen Hof gelangte. Der Hof war von der Straße durch eine Lehmmauer und ein breites Tor getrennt und auf den drei anderen Seiten von Häusern umgeben. Zur Rechten führte eine schmale Steintreppe hinauf. Sie war mit einem kleinen eisernen Geländer versehen, an dem sich ein Muskatweinstock emporrankte. Am Ende der Treppe befand sich ein Gang, lang wie ein Balkon und von dem gleichen

Weinstock überdacht. Auf der rechten Seite öffnete sich eine niedrige Tür, und dort lebte die Großmutter.
Das Zimmer hatte eine niedrige Decke, die seit langer Zeit nicht mehr geweißt und voller Flecken war. Der Tür gegenüber befand sich ein kleines Fenster. Das dunkle Holzbett der Großmutter war sehr breit und lang. Es stand mit dem Kopfende an der linken Wand. Über dem Kopfende hing ein Olivenzweig. Die Großmutter besaß auch einen Schaukelstuhl, den sie an das Fenster gestellt hatte. In dem Schaukelstuhl lagen zwei plattgedrückte Kissen, das eine für den Rücken und das andere für den Sitz. In der Mitte des Zimmers stand ein Tisch mit einem Kohlenbecken, und an den Wänden waren sieben Truhen aufgestellt. Die Truhen sahen alle verschieden aus und waren auch verschieden groß. In einer Ecke lehnte ein Besen, und in der anderen befand sich das Waschbecken, eine Schüssel auf einem Ständer. Dem Olivenzweig gegenüber sah man eine schwarze Flinte an der Wand und darunter eine große Taschenuhr, die an ihrer Kette aufgehängt war. Der Fußboden war mit kleinen weißen und schwarzen Fliesen ausgelegt.
Alfanhuís Großmutter beschäftigte sich damit, in ihrem Schoß Küken auszubrüten. Sie wurde häufig von einem Fieber befallen, das einundzwanzig Tage dauerte. Dann setzte sie sich in ihren Schaukelstuhl, bedeckte die Eier mit ihren Händen und drehte sie hin und wieder um. Und sie rührte sich nicht von ihrem Stuhl, weder Tag noch Nacht, bis die Küken ausgebrütet waren und ausschlüpften. Dann verging das Fieber. Es wurde ihr schrecklich kalt, und sie legte sich ins Bett. Nach und nach wurde sie wieder warm, stand

auf und setzte sich an das Kohlenbecken. Jenes Fieber befiel sie bis zu zehnmal im Jahr. Wenn es Frühling wurde, brachten ihr alle Kinder die Eier, die sie im Freien gefunden hatten. Die Großmutter pflegte böse zu werden, denn es schien ihr ein Mangel an nötigem Ernst, zwischen den Hühnereiern gewöhnliche Vögel auszubrüten. Doch die Jungen und Mädchen kamen mit Eiern in allen Größen und Farben. Da gab es gesprenkelte oder blaue, braune, grüne und rosarote Eier. »Dieses, damit ich sehe, von welchem Vogel es ist«; »diese beiden, weil ich zwei Turteltauben aufziehen möchte«; »dieses, weil die Mutter es verlassen hat«; »diese, weil sie auf unserem Dach lagen«; »diese, weil ich sehen möchte, was für ein Tier herausschlüpft«; »dieses, weil ich ein Vögelchen haben möchte«. So wurden der Großmutter zu den fünfzehn Hühnereiern oder Enteneiern, die sie ausbrütete, manchmal noch bis zu fünfzig jener bunten Frühlingseier in den schwarzen Schoß gelegt.

– Ärger, nichts als Ärger! Das ist alles, was ihr mir bringt – rief die Großmutter.

Aber richtig ging der Trubel erst nach einundzwanzig Tagen los. Um elf Uhr morgens füllten sich die Treppe und der Gang mit Jungen und Mädchen, die darauf warteten, daß die Großmutter die Tür öffnete und einem jeden seine Vögel gab. Die Großmutter ließ lange auf sich warten, und die Kinder spielten und krakeelten im Hof und auf der Treppe. Und jedesmal, wenn sie hörten, daß die Großmutter in ihrem Zimmer umherging, gab es falschen Alarm. »Jetzt macht sie auf! Jetzt macht sie auf!« Und das Warten nahm kein Ende. Schließlich, gegen Mittag, öffnete die Großmutter die Tür. Alle drängten sich im Eingang zusammen und schlugen sich darum, die ersten zu sein. Die Großmutter erinnerte sich genau, wer jedes Ei gebracht hatte, und irrte sich niemals. Die Kinder blieben an der Schwelle stehen, und die Großmutter begann die Vögel zu verteilen: »Hier hast du deine Turteltauben«; »deins war ein Kuckucksei«; »deins von einer Amsel«; »deins von einer Schwalbe«; »deins von einem Spatzen«; »aus deinem sind Blindschleichen ausgeschlüpft«, und der Junge hielt die Hände hin und empfing fünf schwarze kleine Schlangen. Denn wehe dem Kind, das sich mit dem, was es erhielt, nicht zufriedengab! Alle mußten nehmen, was aus ihren Eiern ausgeschlüpft war. Nichts vermochte die Großmutter so sehr zu erzürnen wie Launen:

– Du ekelst dich, sie anzufassen? Nun, so nimm dich zusammen, ich habe sie schließlich einundzwanzig Tage lang gehegt und ihnen von meiner Wärme gegeben.

Und weiter ging es: »Deine Eier waren von einer Drossel«; »deins von einem Distelfink«; »in deinem waren Eidechsen«. Bald entstand dort eine Art Börse, an der lebhaft getauscht wurde, was ein jeder empfangen hatte. Und wenn einer eine Lerche haben wollte und sie nicht bekommen hatte, suchte er jemanden, der eine besaß, und schlug ihm den Tausch vor. So entspannen sich Streitigkeiten und ein großes Durcheinander. Wieder erzürnte sich die Großmutter und schrie sie an:

– Jetzt ist's genug, fangt mir hier keinen Kuhhandel an. Los, auf die Straße mit euch!

Aber es war vergebens. »In deinem war nichts, es war ein Windei«, sagte sie vielleicht zu einem Mädchen mit einer großen weißen Schleife im Haar, und das Mäd-

chen ging mit seinem leeren Körbchen fort und weinte untröstlich. Aber die Großmutter ließ sich nicht rühren. Zum Schluß wurde sie wieder zornig. Nachdem sie die Eier einundzwanzig Tage lang mit so viel Geduld gebrütet hatte, ereiferte sie sich:
– Und kommt niemals wieder! Niemals mehr! Jedes Jahr dieselbe Geschichte! Und hernach denkt ihr nicht mehr an die Großmutter, bringt ihr weder schlechte Süßigkeiten, noch besucht ihr sie. Fort, fort mit euch! Im nächsten Jahr werdet ihr schon sehen!
Aber im ›nächsten Jahr‹, im Frühling, war die Großmutter sehr froh, daß sie noch lebte. Und so wiederholte sich die gleiche Geschichte.
Die Großmutter war groß und hager. Sie hatte weißes Haar und kämmte sich niemals. Die Großmutter trug schwarze Kleider und hatte einen Holzwurm in der Wade. Der Holzwurm zerfraß allmählich ihren Knochen, und nachts hörte man sein Bohren. Aber die Großmutter hatte ein so hartes und trockenes Schienbein, daß der Holzwurm niemals fertig wurde. Ab und zu bestrich sie das Schienbein mit einem Lappen, den sie zu diesem Zweck mit einem Sud aus Thymian und Zypresse anfeuchtete, und der Holzwurm schlief ein. Aus diesem Grund hatte sich die Wade der Großmutter vollständig grün gefärbt. Die Großmutter ging niemals aus dem Haus, aber alle kamen zu ihr und besuchten sie. Die untere Etage gehörte ihr auch, aber sie hatte sie vermietet. Die Mieter bereiteten ihr das Essen und versorgten sie ein wenig.
So lebte sie während des ganzen Jahres, Alfanhuís Großmutter von der väterlichen Seite. Die Großmutter, die in ihrem Schoß Küken ausbrütete, die einen Muskatweinstock besaß und niemals starb.

V.

Von dem fröhlichen Dorf Moraleja, und wie die Großmutter und Alfanhuí einander kennenlernten

Alfanhuí kam nach Moraleja. Das Dorf lag in einer Ebene, der Niederung eines Flusses. Die Häuser waren braun, orangenrot und indigoblau gestrichen. Die Rahmen von Türen und Fenstern und ebenso die Ekken waren mit einem weißen Kalkstreifen verziert. Manche Häuser waren vom Erdboden bis in Mannshöhe mit bunten oder gemusterten Kacheln verkleidet. Die Kacheln hatten die Form von Rhomben und waren senkrecht angebracht. Aber an anderen, etwas älteren Häusern waren sie ungleichmäßig verteilt und bildeten launenhafte Flecke. Hier vier, dort zehn, da wieder nur eine, wie eine Krankheit. Die Geschichte der Häuser stand in Anekdoten aus bunten Kacheln an den Wänden geschrieben. Es war eine stumme, in Rätseln geschriebene Geschichte. Zu jedem Namen der Familie gehörte eine Kachel, die dort ihren Platz einnahm und einen Teil des Musters bildete. Wenn jemand stirbt, mag seine Kachel vielleicht abfallen und auf den Steinen der Straße in tausend Stücke zerschellen. An der Wand bleibt eine frische, rauhe Lücke, die zuerst noch auffällt. Doch dann schleift die Zeit sie ab und glättet sie. Jahre später wird die Kachel vielleicht ersetzt, wird ihre Lücke vielleicht mit Mörtel verputzt. Und wenn dann jemand auf den Gedanken käme: ›Eigenartig, als Soundso starb, ist diese Kachel heruntergefallen‹, hätte er des Rätsels Lösung. Aber niemand entdeckt den Zusammenhang, und die Wand ist auch weiterhin für alle etwas, das nichts zu bedeuten hat.

Etwas Leeres, Zufälliges und nicht einmal Geheimnisvolles. Und dennoch hat dort die Zeit ihre Geschichten geschrieben.
Die Straßen waren voller Leute, die kamen, gingen und sich sonnten. In Moraleja waren alle Leute sehr geschwätzig. Ihre Stühle und Waschschüsseln holten sie meistens auf die Straße. Auf dem äußeren Fenstersims der Erdgeschosse lagen gewöhnlich ein Kamm und ein Stück duftender Seife. Manchmal sah man auch noch einen Spiegel, der am Fenstergitter hing, und das Rasierzeug. Ein kleiner dreister Spiegel, der die Vorübergehenden mit seinem beleidigenden weißen Glanz musterte. Die Leute von Moraleja wuschen sich mit trübem Wasser und hatten deshalb verschwommene Gesichter und verwischte Gesichtszüge. Wenn sie sich ärgerten oder freuten, änderte sich ihr Ausdruck nur flüchtig, wie sich die Form der Wolken wandelt. Wenn sie sprachen, schienen sie in eine andere Richtung zu blicken, als wüßten nicht einmal sie selbst, wohin sie sahen. Zerstreut gingen sie einher und vergeudeten ihre Zeit, als hätten sie nichts im Sinn.
Die Hunde von Moraleja, mager und verwahrlost während des ganzen Jahres, bildeten eine laute, aufsässige Gesellschaft. In Rudeln streunten sie umher und suchten Stellen, an denen sie sich kratzen konnten. Heftig rieben sie sich der Reihe nach ihre abgezehrten Rippen. Sie balgten sich untereinander und zeigten den Leuten die Zähne. Mager und verwahrlost während des ganzen Jahres, fielen sie im September über die Feigen her. Vier, sechs oder acht Hunde unter jedem Feigenbaum. Bis ihre Bäuche zum Platzen voll waren. Dann leckten sie sich und hielten im Schatten der Mauern den Mittagsschlaf. Einen Monat lang dau-

erte die Feigenernte. In Moraleja wurde sie von den Hunden besorgt. Weiße und blaue, braune und grüne Feigen.
Moraleja dehnte sich bis an das Flußufer aus. Am Ufer selbst zog sich die letzte Straße entlang, die aus nur einer Häuserreihe bestand. Auf der anderen Seite war, etwa fünf Meter über dem Wasser, eine Brüstung. Alle Häuser spiegelten sich in dem Fluß. Eine hohe, schwarze Mauer glich den Höhenunterschied aus. Und dort gelangte man über eine schmale Brücke mit eisernem Geländer in den Ort. Unten sah man den tiefen Fluß, der sich diesseits des Dorfes dicht an die Mauer schmiegte. Auf der anderen Seite dagegen breitete sich ein Strand mit vielen runden Kieselsteinen aus, der sanft bis zu den Bäumen anstieg. Flußabwärts sah man von der Brücke eine Wassermühle und im Sommer nackte junge Burschen, die auf der Deichmauer saßen. Bis zur Brücke drang ihr Geschrei und das Klatschen, wenn sie ins Wasser sprangen. Man sah auch Hemden und Laken, die auf den blanken Steinen oder über Kreuzdornbüschen in der Sonne trockneten. Auf der anderen Seite der Brücke lag das Wäldchen. Zwischen Ulmen und Eukalyptusbäumen fand sich eine Schenke mit ihrer Laube und ihrem großen Tisch, in der es Wein und Fische gab. Der Tisch bestand aus einer Schieferplatte, die auf einem breiten Fuß aus Quadersteinen ruhte. Um den Tisch herum standen, ebenfalls aus Steinplatten, vier lange blaue Bänke. Es war eine Schenke, die von Bettlern und Bauern, von Fischern und Fuhrleuten besucht wurde. Zwischen den Beinen der Gäste pickten die Hühner. Der Wirt und die Wirtin besaßen außer dem Haus eine Katze, zwei Ziegen, ein Boot und ein Schießgewehr. Alfanhuí verließ die Brük-

ke und suchte nun das Haus der Großmutter. Alfanhuí und seine Großmutter kannten sich noch nicht. In der unteren Etage fragte er nach ihr. Ein Mädchen lief schreiend hinauf, um ihn anzukündigen:

– Tante Ramona, Ihr Enkel ist gekommen! Der aus Alcalá de Henares, der mit seiner Mutter an der Mühle wohnt, der Sohn von Gabriel, Gott hab ihn selig!

– Warum erzählst du mir das alles, wo ich doch keinen anderen habe. Geh und mach keinen Lärm. Er soll warten.

Die Großmutter drehte den Schlüssel hinter sich um. Dann kramte sie eine Bluse und einen Rock, einen Schal und ein Tuch hervor. Alles war aus schwarzem Leinen und verbreitete den feuchten, reinlichen und alten Geruch der Truhen. Die Bluse war von oben bis unten mit einer Reihe vieler kleiner und dicht nebeneinander genähter Knöpfe versehen. Die Ärmel waren weit und legten sich eng um die knochigen, mageren Handgelenke der Großmutter. Sie knöpfte die Manschetten zu und schloß an ihrem Rock über der Taille, die schlank war wie ein Mandelbäumchen, die schwarzen Drahthäkchen. Dann ordnete sie den Rock. In senkrechten Falten hing er ihr von den Hüftknochen herab. Auf ihr weißes, ungekämmtes Haar legte sie das schwarze Tuch und über die Schultern den Schal. So ging sie auf den Gang hinaus und betrachtete, die Hände ineinandergelegt, Alfanhuí, der jetzt die Treppe heraufstieg. Als er oben ankam, trat die Großmutter beiseite und sagte:

– Geh hinein!

Dann trat sie selber ein und schloß die Tür. Sie setzte sich in den Schaukelstuhl und begann zu sprechen. Alfanhuí stand neben ihr und schaute sie an.

– Wolltest du etwa, daß ich sterbe, ohne dich gesehen zu haben? Undankbarer, niemals bist du gekommen. Stell dich ans Licht, damit ich dich besser sehen kann. ... du bist blaß und gesund wie dein Großvater. Nachts habe ich mir immer gesagt: ›Mein Enkel, wie mag er aussehen? So ein Strolch, daß er niemals in diese Gegend kommt. Ich werde noch sterben, als wäre ich nie eine Großmutter gewesen.‹ Und im August und im September, wenn die Mandeln und Haselnüsse reif waren, und im Oktober, wenn es Kastanien und Walnüsse gab und ich sie nicht beißen konnte, habe ich mich immer an dich erinnert und gedacht: ›Mein Enkel, der könnte sie knabbern.‹ Jedes Jahr habe ich sie dir aufgehoben, bis sie so verschrumpelt und ausgetrocknet waren, daß man sie wegwerfen mußte. So ist manche schöne Handvoll verdorben, ohne daß jemand sie gegessen hat.
– Großmutter, jetzt werde ich lange bei dir bleiben, wenn du willst. Ich kann ja unten schlafen.
– Natürlich wirst du bleiben! Das wäre noch schöner, wenn du jetzt wieder fortgingst! Und du wirst hier, bei mir, schlafen, in meinem Bett. Ich brauche weniger Platz als ein Besen.
Es wurde dunkel. Die Großmutter sagte zu Alfanhuí, er solle das Fenster schließen und eine Öllampe anzünden, die über dem Tisch von der Decke herabhing. Dann drehte sie, ohne aufzustehen, ihren Schaukelstuhl herum und rückte ihn an das Kohlenbecken.
– Nimm den Schemel dort und setz dich zu mir.
– Großmutter, wenn ich länger als ein Jahr bei dir bleibe, muß ich hier auch arbeiten und mir eine Stellung suchen.
– Was kannst du denn?

– Ich bin gelernter Präparator.
– Nein. Hier gibt es solchen Krimskrams nicht. So etwas taugt zu nichts. Wer hier arbeiten will, muß viel Sonne und Kälte, viel Nässe und alle Unbilden des Wetters ertragen. Das andere da sind Angelegenheiten von wunderlichen Leuten, die tote Tiere im Haus haben wollen. Hier nicht. Aber ich werde dir schon eine Arbeit suchen. Mach dir keine Sorgen. Frierst du?
– Nein, Großmutter.
Die Großmutter setzte ihren Bericht fort:
– Und immer habe ich mit den Nachbarn geplaudert: ›Mein Enkel hier, mein Enkel da.‹ Und manchmal haben sie mich gefragt, wie du aussiehst, und dann bin ich sehr traurig geworden und habe mich geschämt, weil ich ihnen sagen mußte, daß ich dich nicht kannte. Und allmählich sah es schon so aus, als bezweifelten alle, daß es dich überhaupt gebe. Und ich hatte große Lust, ihnen endlich sagen zu können: ›Hier ist er.‹ Denn in diesem Dorf haben alle Großmütter mindestens zehn oder zwölf Enkel. Komm her, setz dich etwas näher heran, daß ich dich anfassen kann … Stramme Beine hast du, und wie fest sie sind! Du kleiner Wandersmann, du hättest ruhig schon früher kommen können.
Die Großmutter schwieg einen Augenblick. Alfanhuí betrachtete das ganze Zimmer und fragte:
– Großmutter, was hast du in diesen Truhen?
Die Großmutter blickte ihn an und sagte kurz angebunden:
– Etwas, das dich nichts angeht.

VI.

Wie Alfanhuí Ochsenhirt wurde, und von den zwölf Ochsen, die er hütete

Schon bald fand die Großmutter Arbeit für Alfanhuí. Sie fragte ihn nicht, ob er einverstanden sei, sondern beschränkte sich darauf, ihm kurz und bündig zu sagen:

– Morgen gehst du mit den Ochsen auf die Weide hinunter.

Und Alfanhuí, dem eins so recht war wie das andere, übernahm diese Arbeit mit Freuden.

Als alte Ortschaft besaß Moraleja seine zehn bis fünfzehn hochbetagten Ochsen. ›Die Ochsen des Dorfes‹ hieß es, obwohl man sie, als sie noch jung waren, nach ihren Besitzern genannt hatte, denn jetzt, da sie nicht mehr angespannt wurden und weder auf dem Acker arbeiteten noch den Karren zogen, erhob niemand mehr Anspruch auf sie. Es waren ausgediente, alte Ochsen, schwarze oder rotbraune. Sie hatten große Augen mit tiefen Pupillen und lange, wackelnde Unterkiefer. Langsam zogen sie einher, immer im gleichen Trott.

– Nimm stets den Ochsenstachel mit und sorge dafür, daß die Spitze geschliffen ist, aber achte die Ochsen, rühre sie nicht an und drohe ihnen niemals, denn sie kennen ihren Weg und wissen, wo sie je nach der Jahreszeit ihr Futter finden, und von der Gefahr verstehen sie mehr als du und ich.

So sprach der alte Ochsenhirt, und Alfanhuí fragte nicht, warum man die Ochsen, wenn sie so viel wüßten, dann noch begleiten, warum man den Stachel mitnehmen und seine Spitze schärfen müsse. Er hatte jenen edlen Brauch verstanden, daß man die Ochsen, die nicht mehr pflügen konnten, am Leben ließ, ihr Alter achtete, ihre Dienstbarkeit aufrechterhielt. Unnütz waren die Ochsen, unnütz der Ochsenhirt und unnütz der Stachel: die Ochsen waren nicht zum Pflügen da noch der Ochsenhirt zum Hüten, noch der Stachel zum Stechen. In alledem drückte sich nur der Edelmut eines alten Dorfes aus.

So wurde Alfanhuí in Moraleja Ochsenhirt, bei einem Tagelohn von zwölf Realen. Auch der Ochsen waren es zwölf, und der älteste hieß Caronglo. Er war groß und schwarz wie eine Höhle, und wie aus der Tiefe einer Höhle klang aus seinem Bauch ein geheimnisvolles Geräusch von dunklen Wassern. Er hatte große, sanfte Augen und in jedem Auge eine blanke Träne. Sein Maul war kalt und feucht. Schleimige Fäden troffen langsam von seinen Lefzen herab. Über seinen Augen, an seinen dicken Knien und unter den Achselhöhlen seiner breiten, starken Brust warf seine Haut viele Falten. Seine Hörner waren alt und warm, und an ihrem Ansatz hatte sich durch die Jochriemen eine zierliche, glänzende Franse gebildet. Sein Nacken war durch das Joch kahl und schwielig geworden. Wenn er schnaubte, hauchte er einen weißen Dampf aus, der feinen, winterlichen Nebelschwaden glich und den Rauhreif auflöste oder sich feucht und geruchlos in den Weißdornbüschen verfing. Caronglo hinterließ eine große, auffallende Spur, wie ein Sumpftier, so daß man sie unter allen anderen erkannte. Sein Gefährte Pinzón hatte ein weniger schwarzes Fell und einen schneeweißen Streifen auf dem Rücken. Ein anderes Gespann bildeten Marrero und Charrián, die ein rotbraunes Fell und teuflische Augen hatten. Die nächsten waren schwarz, Ariza und Turino, klein und mutig, und Almadrán und Retana, die steinige Felder gepflügt hatten. Jaso und Almeira waren rotbraun, dunkel und gedrungen wie junge Stiere. Ein Portugiese hatte sie mitgebracht. Die letzten beiden waren schwarze Zugochsen und hießen Gago und Sonsoles.

Alfanhuí zog des Morgens mit den Ochsen auf die Rinderweide. Wenn der alte Ochsenhirt mittags herunterkam und ihn ablöste, ging er hinauf, um bei der Großmutter zu essen, sonst verzehrte er draußen sein Brot. Abends machte er sich eine halbe Stunde vor Sonnenuntergang auf den Heimweg und ließ die Ochsen in einer Einfriedigung aus Schieferstein zurück. Auf der einen Seite dieses Geheges stand ein großer Schuppen, eine Art Wetterdach, und darunter befanden sich Futterkrippen, die in einen Eichenstamm geschnitten waren. Dort suchten die Ochsen Schutz, wenn es regnete. Bald lernte Alfanhuí sie kennen, und die Ochsen kannten ihn, und morgens, wenn sie seinen Kopf hinter der Mauer zum Vorschein kommen sahen, kamen alle an das Tor, damit er ihnen öffnete. Und sie begrüßten ihn mit einem verhaltenen Brüllen, das aus der Tiefe ihrer Nasenlöcher stieg. Alfanhuí kraulte ihnen die Stirn oder streichelte ihre Hörner. Als letzter kam immer Caronglo heraus. Er hielt sein feuchtes Maul zwischen Alfanhuís Hände und beschnupperte ihn.

Manchmal lief Alfanhuí den Ochsen springend voran oder er ging an Caronglos Seite hinter ihnen her. Wenn es Moore zu überqueren oder Flüsse zu durchwaten galt, erwartete ihn Caronglo am Ufer, und Alfanhuí setzte sich auf ihn. Aber später fand Alfanhuí Gefallen

daran und wollte immer auf dem Ochsen reiten, um hoch über allem zu schweben und durch den langsamen, schwankenden Trott gewiegt zu werden. Und jedesmal, wenn sie hinauszogen oder zurückkehrten, setzte sich Caronglo nicht eher in Bewegung, als bis Alfanhuí auf seinem Rücken saß. Alfanhuí trug den Stachel über der Schulter, und seine weißen, dünnen Beine hingen kaum über die schwarzen Flanken des Ochsen herab.
Im Sommer, wenn die Ochsen an den Fluß gingen, um zu trinken und das Gras am Ufer zu fressen, badete Alfanhuí. Nackt sprang er in das Wasser und begann zu schwimmen. Er tauchte und holte rote, weiße und blaue Kieselsteine herauf. Und kleine Kieselsteine, die grün oder gesprenkelt waren. Manchmal schwamm er unter Wasser bis ans Ufer heran und streichelte von unten das schwarze Maul der Ochsen, die gerade tranken. Oder er rief sie von der Mitte des Flusses aus und tauchte mit dem Kopf unter, wenn sie sich nach ihm umdrehten: »Gago! Retana! Pinzón ...« Alsbald tauchte er wieder auf, und über der Oberfläche des Wassers erklang sein helles Lachen.

VII.

Von Fischern und Jägern

Es gab in Moraleja einen Mann, der hatte das Meer gesehen. Alfanhuí lernte ihn eines Tages kennen, als er an seinem Häuschen vorüberging. Dieses lag in einer Baumgruppe dicht am Fluß, in der Gegend, wo die Fischer wohnten. Der Mann hieß Pablo und stellte drei-

maschige Netze zum Fischen her. An der Meeresküste hatte er große Fischernetze geknüpft, und jetzt war er als alter Mann nach Moraleja zurückgekehrt. Er war zugleich Fährmann und besaß eine flache Fähre für die Zeiten des Hochwassers. Er lebte allein, und nachts sah man vom anderen Ufer das Licht seiner Laterne, das aus der zum Fluß hin geöffneten Tür drang und zwischen den Bäumen leuchtete. Dieser Mann erzählte seine Geschichte. In den Häfen fielen zuweilen schmutzige Tage, Tage voller Asche und Kobalt, wie Jacken von Selbstmördern auf die Erde. Von den Landungsstegen erhob sich der schwarze Gesang der Stauer, die die Polypen und Krebse in der Bucht anrufen. Die Tischlerkrebse, die im Hafen die alten Hölzer zerkratzen und quer über die Rümpfe der Barkassen laufen. Die Matrosen hören sie von drinnen und schaudern, wenn sie an den plötzlichen, zickzackförmigen Riß im Schiff denken. Der Tod arbeitet, er zerreißt die Seelen und die Namen. Ein roter Zweig steigt zu dem durchbluteten Baum der Pupille auf, dem Baum der Augen, der melancholisch aussieht, wie der japanische Pflaumenbaum. Pablo sprach von einem bitteren Tod, wie ihn die Menschen im Flachland nicht kennen. Und alle lauschten ihm mit einer eigenartigen, krankhaften Aufmerksamkeit. Im Innern des Landes ist der Tod heller, in einem weißen Kleid wandert er durch die kristallklaren Ebenen.
Alfanhuí sah das Weberschiffchen zwischen den Händen des Mannes hin- und herlaufen und grobe Maschen knüpfen. Und Pablo fuhr fort, ab und an etwas zu sagen, langsam, als spräche er zu sich selbst. Sein Kaminfeuer war unruhig und loderte in düsteren, fast blauen Flammen. Auf dem Feuer stand ein irdener

Topf mit einem dickflüssigen braunen Gericht, das einen scharfen Geruch verbreitete. Es war ein Schnekkenragout. Pablo aß Schnecken, wann immer er welche finden konnte. Nach dem Regen sammelte er sie von einer alten Mauer ab, die mit Schlingpflanzen bedeckt war. Die Schnecken hüpften und stießen gegeneinander, wenn in dem Schmortiegel die Soße aufwallte.

Draußen in der Nacht ertönte ein langes Pfeifen, das vom Fluß zu kommen schien. Pablo ließ von seiner Arbeit, erhob sich und zündete seine goldgelbe zylinderförmige Laterne an. Dann trat er vor die Tür und hob dort, den Arm zum Fluß hin ausgestreckt, die Laterne dreimal in die Höhe. Ein neues Pfeifen antwortete ihm aus der Dunkelheit der Nacht. Pablo trat wieder ein, hängte die Leuchte neben das Feuer und nahm seine Arbeit wieder auf:

– Das waren die Fischer, die jetzt mit dem Boot ausfahren.

In Moraleja wohnten, drei Meilen flußabwärts, viele Fischer. Sie hatten altmodische rhombenförmige Boote und fischten Bartfische, Weißfische und Aale. Außer den Fischern gab es auch Angler, die in den Teichen Schleien züchteten. Es waren kleine grüne Teiche, auf deren Grund sich Algen ausbreiteten und die dem Vieh als Tränke dienten. Da waren solche, in denen man die Schleien züchtete, und andere, in denen man sie mästete. Und die Teiche, in denen man sie züchtete, eigneten sich nicht dazu, sie zu mästen. Wenn das Frühjahr zu Ende ging, nahm man die kleinen Fische heraus und brachte sie in die Teiche, in denen sie groß und fett werden sollten. Dort wurden sie alle zugleich im September gefischt und dann auf den Jahrmärkten

in Zelten und Buden verkauft. Man zerschnitt sie in drei Stücke und kochte sie mit viel Salz, damit sie den Durst auf Wein anregten.
Und schließlich gab es noch die Leute, die in den Sommernächten mit Karbidlampen Frösche fingen.
Alfanhuí begleitete lieber die Fischer als die Jäger. Aber plaudern tat er lieber mit den Jägern. In Moraleja lebten zwei, die sehr lustig und berühmt waren. Sie hießen Luquinas und Galán. Galán war in Südamerika reich geworden. Er hatte in Buenos Aires als Maurer gearbeitet. Mit dem Vermögen, das er erworben hatte, unterhielt er in Moraleja ein Kasino mit Spieltischen, amerikanischem Billard und zwei Groschenautomaten, die mit kleinen Orangen und mit Zitronen verziert waren. Galán war zweiundfünfzig Jahre alt. Für sein Alter hielt er sich sehr aufrecht und war noch sehr vergnügt. Er war mager und hatte eine gute Figur. Mit seiner rauhen, dröhnenden Stimme sprach er viel und sehr schnell, und mit seinem Augenzwinkern und seinem Gelächter lockte er die Gäste in das Kasino. Galán hielt seinen alten Beruf sehr in Ehren und war der Schrecken der jungen Maurer, denn immer, wenn er an einem Bau vorbeikam, musterte er anmaßend jede Einzelheit und begann Einspruch zu erheben und die Werkzeuge selbst in die Hand zu nehmen, indem er sagte: »Auf diese Weise kommt man nicht voran. So macht man das, so, und so. Gib mir die Wasserwaage, gib mir das Lot! Gips!« Und innerhalb von zehn Minuten riß er alles ab und baute es wieder auf, während die Maurer ihm zusahen und eingeschüchtert lauschten. Dann setzte er seinen Hut wieder auf und ging fort. Und wenn die Maurer versuchten sich herauszureden, antwortete er nur:

– Nichts da! Ihr seid allesamt Stümper.
Luquinas mochte fünfunddreißig Jahre alt sein. Er war klein und gedrungen, hatte blondes, ziemlich spärliches Haar und eine rötliche Haut. Auch Luquinas war sehr vergnügt, steckte immer voller Witze und stand Galán in nichts nach. Sein Lachen war klanglos und beharrlich wie ein Hustenanfall und entstand ohne jeden Vokal auf seinem Gaumen: »Ts, ts, ts, ts . . . !« Auf diese Weise bildete es mit dem tiefen, dröhnenden Gelächter von Galán ein vollendetes Duett. In bester Stimmung pflegten sie irgendwo auf die Jagd zu gehen, und wenn dort auch weit und breit nicht einmal der Schwanz eines Tieres zu sehen war, so ließen sie ihre Frauen dennoch in der Überzeugung zurück, sie brächten ihnen mindestens fünfundzwanzig Hasen mit. So viel Aufhebens machten sie von sich. Sobald sie aber im Gebirge waren, tranken sie Wein und feuerten aufs Geratewohl ihre Schüsse in die Luft, und sie verschreckten das wenige Wild, das es vielleicht noch geben mochte, weil sie unablässig sprachen und weil Galán bei jeder Gelegenheit in Lachen ausbrach, so daß die Gegend von seinem schallenden Gelächter erfüllt war. Gegen vier Uhr wurden sie der Flinte müde und gingen in irgendein Gebirgsgasthaus. Dort holten sie die Karten hervor, verbissen sich in ihr Spiel und tranken mit den Feldhütern ein Glas Wein nach dem anderen. Wenn das Vergnügen seinen Höhepunkt erreichte, verfiel Galán zuweilen darauf, Stuhl und Hut nach hinten zu kippen und mit salbungsvoller Stimme zu singen: ›Schmeicheleien, betörende Küsse . . . !‹
Hier brach der Gesang ab, doch da Galán so viel Gefühl in seine Stimme legte und den Becher hob, beschworen diese Worte in allen Zuhörern ein fernes

Land jenseits des Meeres, das voller Freuden und Wunder war. Luquinas diskutierte unterdessen leidenschaftlich über Gemeindepolitik. Er redete in den Wind, weil niemand ihm widersprach. Aber er ereiferte sich und gab sich selbst in allen Fragen recht. Und so ging es, bis die Sonne sich neigte und es dunkel wurde. Um neun Uhr trafen sie singend wieder in Moraleja ein, ohne sich an Hasen oder gar an Rebhühner zu erinnern.

Galán entledigte sich seiner Flinte und seines Hutes und begann seine Kunden zu bedienen. Jemand fragte ihn:

– Galán, und was machen die Hasen?

– Schau mal einer an, was dem jetzt einfällt!

Inzwischen saß Luquinas schon wieder an einem Tisch und diskutierte weiter über Gemeindepolitik.

VIII.

Vom Feuer, von den Geschichten und Truhen der Großmutter, und wie Alfanhuí Stiefel haben wollte

Frühmorgens ging die Großmutter immer auf den Treppenabsatz hinaus, um in ihrem Kohlenbecken das Feuer anzuzünden. Sie fachte es eine Weile mit einem Binsenwedel an und bedeckte es dann mit der Asche vom vorhergehenden Tag, die sie auf den Rand gehäuft hatte, solange sich die neuen Holzkohlen entzündeten. Auf diese Weise legte die Großmutter einen Tag auf den anderen und hatte alle Tage in der Asche ihres Kohlenbeckens übereinandergeschichtet. Es war ein Holzkohlenbecken, das muffig und manchmal nach Weihrauch roch. Niemals benutzte sie eine Feuerschaufel, und wenn die Kohlenglut erstarb und nur noch wenig wärmte, zog sie mit dem Pantoffel ein Kreuz hindurch. Dabei blickte sie weder zu dem Kohlenbecken hin, noch hob sie die Decke des Tisches, unter dem es stand. Es war so, daß Alfanhuí jedesmal, wenn er die neue Wärme fühlte, erstaunt war, weil er der Großmutter diese Bewegungen nicht angemerkt und weil sie weitergesprochen hatte, als wäre nichts geschehen.

Als Alfanhuí das Feuer kannte, wollte er ihm die Geschichten der Großmutter entlocken und sann dazu auf eine List. Er brachte von draußen ein paar Rosmarinblättchen mit und warf sie nach und nach heimlich in die Glut. Bald stieg von ihnen ein frischer, knuspriger Duft auf, und die Großmutter begann zu erzählen, ohne es selbst gewahr zu werden. Sie sprach von ihrer Jugend, von der Zeit, da sie noch weiße und grüne Kleider getragen hatte. Alfanhuí nahm so großen Anteil an den Geschichten, daß er vergaß, rechtzeitig neue Rosmarinblätter auf das Feuer zu werfen, und die Großmutter hüllte sich wieder in Schweigen. Als Alfanhuí es merkte, warf er von neuem Blättchen in die Glut. Die Großmutter wurde wieder gesprächig und erzählte weiter. Doch wollte es Alfanhuí mit dem Rosmarinkraut auch nicht übertreiben, denn man soll an einem Tag nicht zuviel erzählen, weil die Geschichten dadurch an Wirksamkeit verlieren. Als der bittersüße Duft verflogen war, unterbrach sich die Großmutter:

– Schon gut, schon gut, jetzt ist's aber genug. Ihr wollt immer alles wissen. Schluß damit, gehen wir zu Bett!

Und Alfanhuí, der kleine Geschichtendieb, verzog seine Lippen zu einem verschmitzten Lächeln.

Dann löschten sie das Licht und legten sich hin. Das Bett war breit, aber manchmal stieß Alfanhuí mit seinem Fuß gegen den der Großmutter, der so kalt war, daß man fast einen Krampf bekam, wenn man ihn berührte.

In manchen Nächten kam die Großmutter nicht zur Ruhe. Sie wälzte sich hin und her, als ginge ihr etwas durch den Kopf, das sie nicht schlafen ließ. Dann erhob sie sich im Nachthemd und ging, ohne das Licht anzuzünden, an die Truhen. Die Schlüssel, die sie stets bei sich trug und die an einem Band unter ihrem Nachthemd befestigt waren, rasselten. In der Dunkelheit konnte Alfanhuí die Großmutter nur undeutlich sehen. Sie holte die Schlüssel hervor und steckte einen in die dazugehörige Truhe. Das Schloß knarrte. Die Großmutter hob den Deckel der Truhe, und die Scharniere quietschten. Sie nahm etwas heraus und brachte es zu einer anderen Truhe. Dieses Etwas raschelte, und dann knarrte das zweite Schloß. Aus jeder Truhe drang ein verschwommenes Licht, ruhig und phosphoreszierend, grünlich oder blau, rötlich oder weiß. So ging die Großmutter von einer Truhe zur anderen, holte hier etwas heraus, legte dort etwas hinein, öffnete die Truhen und schloß sie wieder. Manchmal hörte man ein Geräusch von Seidenstoffen oder von Silber, von Papier, Glas oder Leder, und sah die verschiedenen Dinge in der Dunkelheit schwach glänzen. Alfanhuí versuchte, jeden Gegenstand an seinem Glanz und an dem Geräusch, das er verursachte, zu erkennen, aber die Großmutter ließ ihm keine Zeit dazu, und er vermochte ihren schnellen Bewegungen nicht zu folgen. Es war ein Tanz von zarten, wechselnden Lichtern, die in der Dunkelheit aufleuchteten, und ein Konzert von Schlüs-

seln, Scharnieren und Schlössern, von zuschlagenden Deckeln, klirrenden Gegenständen und von raschelnden Stoffen und Papieren. Jede Truhe hatte ihr eigenes Licht und ihre besonderen Merkmale. Es geschah, daß Alfanhuí im Laufe vieler solcher Nächte zwar lernte, jedes Ding nach seinem Geräusch und seinem Glanz zu unterscheiden, doch was es wirklich war, erfuhr er niemals. So sagte er sich in der Dunkelheit, wenn die Großmutter etwas herausnahm:
»Das war in der dritten Truhe, und jetzt hat sie es in die siebente gelegt.«
Und er merkte es sich für das nächste Mal und verfolgte die Spuren aller Dinge, doch niemals vermochte er mehr zu erfahren. Wenn die Großmutter schließlich wieder im Bett lag, war sie vor Kälte fast erstarrt. Aber manchmal wurde sie auch dann nicht ruhig. Irgend etwas schien nicht in Ordnung zu sein, und sie stand abermals auf, um alles zu ändern. Es gab Nächte, in denen sich die arme Großmutter zweimal oder gar viermal erhob, Nächte, in denen sie vor lauter Qualen fast keine Ruhe fand und es nicht bewenden ließ, bis im Morgengrauen die Hähne krähten. Niemals fragte Alfanhuí die Großmutter nach dem Sinn ihres Treibens und warum sie alles aus den Truhen herausnahm und wieder hineinlegte, und auch sie sprach niemals davon.
Als es Winter wurde, litt Alfanhuí mit seinen dünnen Stoffschuhen unter der Kälte, und jedesmal, wenn es regnete, bekam er nasse Füße. Eines Nachts, als er im Bett lag, sprach er davon.
– Großmutter?
– Was willst du?
– Ich muß mir Stiefel kaufen.

– Warum?
– Weil die Erde sehr kalt ist und weil ich immer nasse Füße habe.
– Für Stiefel bist du noch viel zu jung, und außerdem haben wir ja das Kohlenbecken.
– Ja, aber am Kohlenbecken sitze ich nur abends, und tagsüber werden meine Füße nicht wieder warm, auch wenn ich sie reibe.
– Stiefel sind ungesund. Die Füße können nicht schwitzen, und außerdem bekommt man Hühneraugen.
– Großmutter, die Füße können nachts genügend schwitzen. Tagsüber brauchen sie Blut, aber bei der Kälte gelangt das Blut nicht bis zu ihnen hinunter, und sie bleiben weiß.
– Du bist doch überall weiß! Und war nicht auch dein Großvater weiß? Das ist schließlich die gesunde Farbe der Füße.
– Großvater hat Stiefel getragen.
Die Großmutter überlegte einen Augenblick:
– Großvater...? Woher willst denn du das wissen?
– Auch mein Vater hat welche getragen, als er jung war.
– Dein Vater war ein Tunichtgut. Eines Tages ist er auf dem Dach herumgeklettert, und hernach hat es im ganzen Hause durchgeregnet.
– Er besaß zwei Paar.
– Schluß damit. Du bekommst keine Stiefel! Schlaf jetzt!
Morgens ging Alfanhuí wieder mit den Ochsen auf die Weide und schickte sich darein, für immer kalte Füße zu haben. Doch abends, als er heimkam, hatte es sich die Großmutter anders überlegt. Als Alfanhuí sich setzte, stellte sie, ohne ein Wort zu sagen, ein Paar

große, alte Stiefel vor ihn hin. Es waren die schwarzen Stiefel des Großvaters. Sie waren über dem Spann geschlossen und hatten dafür an beiden Seiten einen Gummizug. An Alfanhuís Füßen wirkten sie wie Kähne, aber er wagte nicht, es zu sagen. Er rieb sie mit Fett ein und trug sie voller Freuden während des ganzen Winters. Sie waren das erste und einzige, was aus den Truhen zum Vorschein kam.

IX.

Von dem Tamburinspieler aus La Garganta und von Caronglos ehrenvollem Tod

Und es verging auch jener Winter, in dem Alfanhuí mit seinen Ochsen auf die Ginsterfelder zog. Dort war es nicht so kalt, denn die Ginsterbüsche fingen den Wind ab, so daß er pfeifend in ihrem Gestrüpp verflog. Mit dem Frühling kam auch der Tamburinspieler aus La Garganta die Eichenwälder herab. Die Melodie seiner Schalmei verfing sich zwischen den Eichen, und das Tamburin ließ die Erde erzittern und weckte die Eidechsen. Der Tamburinspieler betrat das Ginsterfeld. Alfanhuí, der auf einem Stein saß, entdeckte ihn von weitem und hörte seine Musik, die immer näher kam. Der Tamburinspieler bahnte sich mit den Tönen seiner Schalmei den Weg durch den Ginster und stampfte mit den Schlägen seines Tamburins über die Erde. Manchmal war nur die Schalmei zu hören, und ihre Melodie verlor sich wie das Heulen des Windes. Manchmal zerbrach das Tamburin gleich einem Toten, der sich mit ungestümer Freude erhebt, die Stille und wickelte die lose, verlorene Melodie der Schalmei wieder auf, als wäre sie der Lebensfaden. Die Schalmei und das Tamburin spielten Zorn und Traurigkeit, verloren sich und fanden sich wieder, spielten Vergessen und Erinnerung, Leben und Auferstehen. Bald waren sie nah, bald fern zu hören, stiegen und fielen, kamen und gingen. So durchmaßen sie alle Wege und Felder. Der Tamburinspieler zog vorüber. Jetzt entfernte sich die Melodie wieder. Bei den letzten Tönen sah Alfanhuí, wie der Rücken des Tamburinspielers hinter den Ginsterbüschen verschwand.

An diesem Tag verließen die Ochsen das Ginsterfeld und wechselten die Weide. Sie zogen jetzt in eine baumlose Gegend, die am Rande der fruchtbaren Flußebene lag, dort wo das Geestland beginnt. Eines Nachmittags, als es Zeit war heimzukehren, sah sich Alfanhuí vergeblich nach Caronglo um. Die anderen Ochsen begaben sich auf den Weg nach Moraleja, aber Caronglo erschien nicht. Alfanhuí machte sich auf die Suche nach ihm. Es war beinahe Nacht, als er ihn an einem entlegenen Platz auf der Erde ausgestreckt, neben einer Quelle, fand. Caronglo lag in den letzten Zügen. Alfanhuí setzte sich neben ihn und packte ihn bei den Hörnern. Caronglo lehnte die Stirn an Alfanhuís Brust und beschnupperte ihn, wie er es immer getan hatte. Sein Atem wurde langsamer und immer tiefer und war bald nur noch ein Röcheln. Alfanhuí merkte, daß seine Hörner kalt wurden. Schließlich riß Caronglo noch einmal die Augen auf, doch man sah nur das Weiße seiner Pupillen. Einen Augenblick blinzelte er, dann schloß er die Augen wieder und brach schwer über Alfanhuís Knien zusammen. In der Dunkelheit der Nacht betrachtete Alfanhuí den Kopf und den Körper des toten Ochsen. Schwarz hob er sich von der Erde ab und schien ihm größer als je zuvor. Lange Zeit hing Alfanhuí seinen Gedanken nach und streichelte Caronglos Stirn. Er empfand die süße, fast heitere Traurigkeit, die ein natürlicher Tod auslöst. Als er unversehens den Kopf hob, erblickte er die anderen Ochsen, die zurückgekommen waren und sich rings um ihn und Caronglo geschart hatten, so daß sie einen gleichmäßigen Kreis bildeten. Pinzón begann mit leiser, tiefer Stimme zu brüllen. Die anderen Ochsen antworteten ihm. Wieder brüllte Pinzón allein. Beim dritten Mal erhob sich von Caronglos Leichnam der Schatten eines Ochsen, der Schatten, den Caronglo geworfen hatte, solange er noch lebte. Der Schatten richtete sich auf. Alfanhuí trat zur Seite. Caronglos Schatten begann zu wandern, umgeben von den Ochsen. Sie begleiteten ihn und sangen ein Trauerlied, eintönig wie ein Psalmengesang. Alle begaben sich zum Fluß, und Alfanhuí folgte ihnen. Sie gingen gemessenen Schrittes, im Takt ihres gleichmäßigen Brüllens. Pinzón zog dem Schatten voran, die anderen gingen neben ihm und hinter ihm her. Schließlich erreichten sie das Flußufer und blieben stehen. Einen Augenblick schwiegen sie. Dann nahmen sie, in einer anderen Tonart, ihren Gesang wieder auf. Pinzón trat zur Seite, und Caronglos Schatten bewegte sich auf das Wasser zu. Die Ochsen verharrten am Ufer, während Caronglo langsam in den Fluß schritt. Das Wasser reichte ihm bis an die Knie, bis an den Bauch, bis an die Brust. Caronglos Schatten schritt immer weiter und versank im Wasser. Die Strömung riß ihn mit sich. Die Ochsen setzten ihre Litanei am Ufer fort. Endlich tauchten auch Caronglos Hals und Rücken unter, dann der Kopf, und zuletzt die

Hörner, über deren Spitzen die Wellen zusammenschlugen. Die Ochsen sangen noch eine Weile und schickten ein letztes, langes Brüllen über das Wasser. Dann wandten sie sich langsam ab und zogen nach Moraleja hinauf.

X.

Wie Alfanhuí von seiner Großmutter Abschied nahm und nach Kastilien zurückkehrte

Im März und April wurde die Großmutter wieder von ihren Fiebern befallen und begann von neuem mit ihrer Arbeit, und im Mai wurden die Stiefel des Großvaters wieder in die Truhen gepackt. Alfanhuí zog seine leichten Wanderschuhe an und teilte mit der Großmutter sein Geld.

– Leb wohl, Großmutter!

Alfanhuí hatte jetzt den Sommer und einen langen Weg vor sich. Durch das Gebirge wanderte er wieder gen Norden, nach Kastilien. Die Wege waren von Vögeln und Wanderern belagert, von den ersten Schnittern, die aus dem Norden kamen, um die Frühgerste zu mähen, von Ochsenfuhrwerken oder Eselskarren, die mit ihren Lasten von Holzkohle, Kohlen aus Eiche oder Korkbaum, an den Wirtshäusern der Landstraße hielten. Und so sagte es schon ein altes Lied:

Weißes Salamanca,
wie willst du bestehen?
Mit vier kleinen Kohlenmännern,
die kommen und gehen.

Die Kohlenmänner waren schüchtern und gaben einsilbige Antworten. Und weil sie schwarz waren und weil niemand ihnen ihre Ware raubte, fühlten sie sich allen anderen Menschen unterlegen. In den Wirtshäusern standen sie in einem Winkel für sich allein und bildeten eine dunkle Gruppe. Kamen andere Wanderer dazu, gingen sie in die kalte Nacht hinaus, um zu rauchen und über der Landstraße den Mond zu betrachten. Voller Verachtung schenkten ihnen die Wirtinnen den Wein aus, denn im Sommer treiben sich nur arme Teufel auf den Straßen herum. Auch von den Schnittern hielten die Wirtinnen nicht gerade viel, obwohl sie aus weiter Ferne kamen. Alle diese Leute waren knauserig und bestellten nichts anderes als Wein. Sie zahlten keinen Heller mehr, als sie schuldeten, und waren nicht gewohnt, Betten oder gar Bedienung zu verlangen. Alfanhuí stieß häufig auf solche Gruppen, die oftmals zu viert mit nur zwei Eseln kamen. Es waren kleine, hagere Männer. Ihre Sicheln hatten sie an die Satteltaschen gebunden. Sie trugen schwarze Westen und strahlend weiße Hemden. Nie zuvor hatte Alfanhuí etwas so Frisches und Sauberes wie die weißen Hemden der Schnitter gesehen. Wie arme Leute gingen diese Männer stets mit offenem Kragen, und über ihren behaarten, abgezehrten Armen plusterte der Wind die Ärmel auf. So weiße Hemden, und dazu der traurige und ergebene Blick derer, die auf den Feldern, die niemandem gehören, das Korn schneiden! Sie waren die Sklaven und die Herren des großen Sommers.
Alle Wege führen durch Medina del Campo. Die Stadt gleicht einer ausladenden Matrone, die mitten auf dem Hochland thront. Sie breitet ihren Rock über die Ebene aus. In den prächtigen Stoff sind die Felder und

Wege gezeichnet, sind die Städte gestickt. Vier Unterröcke trägt Medina del Campo, einen grauen und einen weißen, einen grünen und einen goldenen. Die Stadt wäscht ihre Röcke in den Flüssen und wechselt sie viermal im Jahr. Langsam nimmt sie die Röcke vom Boden auf, und in ihr beginnen und enden die vier Jahreszeiten. Wenn es Sommer wird, entfaltet sie ihren goldenen Rock: ›Wohlan, ihr Armen, geht hinaus auf die Straßen!‹
Von Medina del Campo wanderte Alfanhuí noch manchen Tag unter der Sonne und unter dem Mond nach Norden. Unter dem großen, leuchtenden Sommermond, der seitwärts, wie eine Eule auf einem Faden, am Himmel entlangzieht und die Ebene mit seinem Augenzwinkern erfüllt. Wie Gespenster tanzen die Marksteine im Takt weißer Flammen, und ihre Schatten tanzen auf dem Erdboden. Zuweilen setzt sich ein Teufel in den Schatten der Marksteine und zählt an seinen Fingern die Sünden der Menschen.
Schließlich gelangte Alfanhuí in ein hügeliges Steppengebiet. Die einzelnen Hügel erhoben sich wie weiße runde Trommeln. Sie mochten vierzig Meter hoch sein, und ihre Oberfläche war eben und mit weißem Kalkstein bedeckt. Dort wuchsen nur ein paar schwächliche Sträucher, neben denen Aas von Hasen und Windhunden lag. Zwischen den Hügeln breiteten sich helle Täler aus, durch die sich, von hohen, dichten Bäumen gesäumt, der Fluß schlängelte. Nur am Flußufer wuchsen Bäume. Das übrige Land der Täler war in kleine Ackerfelder aufgeteilt. An jedem Feld stand auf einem Stein der Name des Besitzers geschrieben. Auf einem dieser Steine, zu dem kaum ein paar Handvoll Erde gehörten, las Alfanhuí die Worte:

DIESE FELD
GEHÖRT
ROQUE SILVA

Roque Silva war gerade zugegen und betrachtete sein Korn:

– Wie gut es steht, nicht wahr? Herrlich! Sehen Sie selbst! Gleich morgen werde ich zur Sichel greifen und es schneiden. Das ist schnell geschehen. In ganz Cerrato steht kein Getreidefeld so gut wie das meine. Ein Jammer, daß es so klein ist. Aber es kann sein, daß es mir noch eine ganze Brut von Rebhühnern einbringt, denn ich höre in einem fort das Piepen.

Und Roque Silva lachte, während Alfanhuí ihn anschaute. Dann nahm Roque das Gespräch wieder auf:

– Wollen Sie nach Palencia? Sie brauchen nur auf diesen kleinen Hügel zu klettern, dann können Sie vom anderen Ende die Stadt schon sehen. Vor einigen Jahren hat so ein Brillenträger, der von dort stammt, einen Prozeß gegen mich geführt. Er wollte mir das Feld wegnehmen und mich arm wie eine Kirchenmaus machen. Aber ich habe gewonnen, und denken Sie nicht, daß mir jemand dabei geholfen hätte! Mag sich ein anderer die Augen auskratzen lassen! Aber schon gut, Sie werden es eilig haben.

– Auf Wiedersehen, Roque Silva, und vielen Dank.

– Auf Wiedersehen, mein Freund, und alles Gute.

Und Roque Silva drehte sich um und betrachtete abermals sein Korn.

XI.

Über die Stadt Palencia und die Kräuterhandlung von Don Diego Marcos

Palencia war eine helle, offene Stadt. Freimütig und freundlich gewährte sie von allen Seiten Einlaß und bot sich dar wie ein aufgeschnittener Brotlaib. Die Hauptstraße war von weißen Arkaden gesäumt und lag im Sonnenglanz. Weiß waren auch die niedrigen, gedrungenen Türme, und bedächtig führte der Fluß seine Wasser. Die fruchtbare Ebene jenseits des Flusses war mit Weinstöcken, Gemüse und Obstbäumen bepflanzt und von Wassergräben durchfurcht. Durch die Gräben trieben Lastkähne. Sie wurden an langen Seilen von Maultieren gezogen, die am Ufer entlanggingen und mit ihren Hufen im Schlamm ausglitten. Das Wasser in den Gräben nahm im Licht der untergehenden Sonne eine mattleuchtende Farbe an, ein weißliches Blau, das grüne und rote Strahlen zurückwarf.
Die Kräuterhandlung von Don Diego Marcos lag in der Hauptstraße. Sie stand wie eine Apotheke voller Gefäße aus Glas und aus Porzellan. Über dem Eingang hing ein schwarzes Schild mit purpurfarbenen Buchstaben:

HEILKRÄUTERHANDLUNG
DIEGO MARCOS
45 HAUPSTRASSE 45

Don Diego Marcos, Doktor der Naturwissenschaften, war ein großer, beleibter Mann und sehr eitel. Er trug eine goldene Brille und einen verblichenen gelblichen

Kittel. Auch seine Frau stand hinter dem Ladentisch. Sie war dick und nicht weniger dünkelhaft als ihr Mann. Außerdem trieb sich eine Art Handlungsgehilfe in dem Laden herum, fünfundzwanzig Jahre alt, schwindsüchtig und milchbärtig. Der Laden war düster und mit fast schwarzbraun gebeizten Holzregalen verkleidet. In dem Schaufenster waren Gefäße und Teller mit Kräutern ausgestellt, und jedes Gefäß trug seine Aufschrift. Da konnte man lesen:
Majoran, Kiefer, Sandkraut, Lungenkraut, Bärlapp, Schwarzwurz, Kamille, Pfefferminze, Polei, Tollkirsche, Fingerhut, Eibisch und so weiter.
Alfanhuí trat in die Dienste jenes Hauses und stellte etwas weniger als einen Handlungsgehilfen dar. Von morgens bis abends hielten ihn die Befehle des Prinzipals und seiner Frau in Atem, aber er schwieg und lernte. Er aß zusammen mit dem Handlungsgehilfen, der ihn niederträchtig und von oben herab behandelte, und schlief in dem Raum hinter dem Laden, zwischen verborgenen Gefäßen, in denen sich alle Wohlgerüche der Bergwiesen speicherten. An den Wänden hingen mehrere längliche Tafeln aus Glanzpapier, die oben und unten mit einer schwarzen Leiste zum Aufrollen versehen waren. Sie enthielten farbige Pflanzenabbildungen, neben denen die Blätter und Blüten und die Querschnitte der Stengel und Wurzeln einzeln dargestellt waren, damit man die besonderen Merkmale der Pflanzen erkennen und ihre Gefäße und Gewebe studieren konnte. Unten auf den Tafeln las man Namen wie ›Monokotyledonen‹ und, in kleinerer Schrift, ›Druckerei Llosent, Barcelona‹. In der Mitte des Raumes stand ein großer Marmortisch mit einer Waage, die auf die Tischplatte geschraubt war. In einer Ecke,

unter einer Wanduhr, befand sich Alfanhuís Feldbett. Auf dem Fußboden lagerten Säckchen, die an den Rändern umgekrempelt waren. In ihnen wurden die gebräuchlichsten Kräuter aufbewahrt, die an der Luft nicht verdarben.

Alfanhuí verstand etwas von Kräutern und kannte viele nach ihrem Namen und ihrer Wirkung. Doch jetzt trachtete er sein Wissen zu vertiefen. Immer wieder stand er vor der Vitrine und heftete den Blick auf die Gefäße, nahm sie heraus und roch an ihnen. Manchmal zerrieb er die Kräuter in seiner Hand und bereitete, wenn er sich unbeobachtet glaubte, Aufgüsse und sonderbare Essenzen aus ihnen. Auch sann er über die Namen der Kräuter nach und sprach sie immer wieder vor sich hin, als suchte er in ihnen den Klang alter Geschichten und das, was jede Pflanze im Leben und in den Herzen der Menschen, denen sie vor Augen kam, bedeutet hatte. Denn der Name, den man den Kräutern gibt, ist nicht ihr eigentlicher Name, ist nicht der Name, der in ihren Samenkörnern verborgen ist und den man nicht in Worte zu kleiden vermag. Er ist vielmehr nach Zeichen gegeben, wie sie die Augen und das Herz erkannt haben, und manchmal klingt er an jenen anderen Namen an, den niemand sagen kann. Immer wieder sprach Alfanhuí die Namen vor sich hin, und es gab deren bessere und schlechtere. Es gab dumme Namen, die nichts bedeuteten, und geheimnisvolle, in denen man den Klang des Gebirges hörte.

Der gelehrte Don Diego schickte Alfanhuí häufig fort und beauftragte ihn, dieses oder jenes zur Neige gehende Kraut zu sammeln. Er sagte ihm ungefähr die Stellen, an denen es wuchs. Es gab Kräuter, die in Hülle und Fülle vorkamen, und andere wiederum, die selten und schwer zu finden waren. Doch wenn Alfanhuí das betreffende Kraut in seinem Gefäß gesehen und gerochen hatte und seinen Namen wußte, konnte er sich schon vorstellen, in welcher Gegend es wuchs, und fand es mit sicherem Gespür, auch wenn es ihm draußen niemals zu Gesicht gekommen war. Er stieg auf die Höhen und betrachtete die mannigfaltigen Farben der Erde, sah, welche Gebiete sandig oder kalkhaltig waren und wo es viel oder wenig regnete, wo die verschiedenen Winde am heftigsten wehten und welche Stellen im Windschatten lagen. Er entdeckte die sonnigen und die schattigen Plätze, die Abhänge und die unzähligen anderen Besonderheiten, die der Erde ihr unterschiedliches und vielfältiges Aussehen gaben. Doch sah Alfanhuí alle diese Dinge mit nur halbgeöffneten Augen, denn Begabung und Gespür ließen sie ihn besser erkennen, als wenn er sie eingehend betrachtete. Zuweilen mußte er sehr weit wandern und unterwegs übernachten. Doch immer kehrte er mit seinem gefüllten Kräutersack auf der Schulter zurück und brachte irgendeine neue, seltene Pflanze mit, die er für sich selbst ausgesucht hatte.

XII.

Von der neuen und letzten Weisheit, die Alfanhuí mit seinen Augen ergründete

Über der Beschäftigung mit den Kräutern wurde Alfanhuí schweigsam und menschenscheu. Seine Augen nahmen einen abwesenden und pflanzenhaften Ausdruck an, als ob ein und dasselbe winzige, seltsame

Blatt tausendmal über die Breite und bis auf den Grund seiner Pupille gezeichnet wäre. Alfanhuí hatte vor die Erinnerung ein grünes, pflanzenhaftes Etwas in seine Augen gelegt. Dieses verbarg ihn vor den Menschen so sehr, daß alle, die seiner ansichtig wurden, ihn für stumm und teilnahmslos hielten.

Seine Augen sahen jetzt wie helle, dichte Wälder aus, in deren gleichförmiger Einsamkeit sich alle Dinge verloren. Schräg fiel das Licht ein und wurde im Widerschein der Blätter ruhig und gleichmäßig, oder es legte sich strahlenförmig über die Lichtungen im Gehölz, so daß die wechselnde Folge von Licht und Schatten dem Wald eine unabsehbar tiefe Perspektive gab. Und aus der Tiefe jener veränderlichen Stille reifte in Alfanhuí eine neue und vielfältig grüne Weisheit heran.

Dergestalt in seine sonderbaren Studien vertieft, begann Alfanhuí, Tag und Nacht mit offenen und geschlossenen Augen zu arbeiten. Am Tage verweilte er beim Betrachten der toten Kräuter in der Kräuterhandlung oder der lebenden im Wald. Er streckte sich auf dem Boden aus, stützte die Ellenbogen auf die Erde und legte den Kopf zwischen seine Hände. So beobachtete er lange Zeit die winzigen Triebe. Oder er setzte sich des Nachts geduldig daran, sie in Gedanken zu zergliedern, denn dort sah er sie, dargestellt in seiner Erinnerung, so groß, wie es nötig war, und konnte ihre einzelnen Teile studieren und ihre Farben zerlegen, wie es ihn gutdünkte, um sie besser kennenzulernen.

So entdeckte Alfanhuí allmählich die vier Hauptformen, in denen die Grüns ihre Natur offenbaren: wie sie auf Wasser, auf Trockenheit, auf Schatten und Licht und auf Mond und Sonne reagieren. Und so lernte er alle feinen Unterschiede kennen, denn es gab Grüns, die einander zu gleichen schienen, und dennoch holte das Wasser, wenn man sie anfeuchtete, einen verborgenen Glanz aus ihnen hervor und zeigte, daß sie voneinander verschieden waren. Sie bildeten das sogenannte ›Regengrün‹, denn nur bei Regen gaben sie sich zu erkennen, und sie waren dazu bestimmt, in ihren Farbtönen die Erinnerung an das zu bewahren, was an Regentagen geschehen war; in der übrigen Zeit aber hielten sie sich verborgen und sagten nichts. Denn die gleichen Dinge geschehen an verschiedenen Tagen auf verschiedene Weise, und was sich bei Regen ereignet hat, kann nur bei Regen erzählt und erinnert werden.

So schlossen sich die Grüns durch die Art und Weise, wie sie ihre Natur offenbarten, zu verschiedenen Gruppen zusammen. Das traf natürlich einzig und allein für drei der Verfahren zu, denn das des Trocknens eignete sich ja für jedes Grün, beruhte es doch nicht auf irgendeinem äußeren Umstand, sondern auf Leben und Tod des Pflanzlichen. Da waren also die Gruppen ›Regengrün‹ und ›Grün, wenn es nicht regnet‹, ›Schattengrün‹ und ›Lichtgrün‹, ›Sonnengrün‹ und ›Mondgrün‹. Innerhalb dieser Gruppen aber gab es noch viele Unterteilungen und Parallelen zwischen Gruppe und Gruppe. So geschah es zum Beispiel mit der Eiche und dem Olivenbaum, mit der Pappel und der Zypresse. Das Grün der Eiche war ein ›Sonnengrün‹ und das des Olivenbaums seine Ergänzung innerhalb der Gruppe ›Mondgrün‹. Das ›Olivengrün‹ seinerseits fand einen Gegensatz unter den Grüns seiner eigenen Gruppe: das ›Ginstergrün‹. Denn sie entstanden bei gegensätzlichem Mondlicht. Das Grün des Olivenbaums bildete sich, wenn der Mond hoch und langsam seine Bahn zog und einen friedlichen Bogen am dunklen Himmel beschrieb. Das Ginstergrün hingegen, wenn der Mond wund und gierig wie ein hungriger Wolf über den niedrigen Himmel klarer Nächte jagte, wenn er, einen herben Geruch verbreitend, aufheulte und sich zuweilen hinter rasch dahinziehenden Wolken verhüllte. Das Wesen der Blätter offenbarte sich auch auf ihrer Rückseite. So bewahrte das Grün der Pappeln, das voller Sonne und Klarheit im Frühling entstand, auf seiner Kehrseite die Erinnerung an den Schnee.

Aber am besten konnte man die Grüns kennenlernen, wenn sie getrocknet waren. Niemand kann sagen, er kenne das Grün einer Pflanze, wenn er es nicht auch einmal trocken gesehen hat. Und zu diesem Zweck betätigte sich Alfanhuí in der Kräuterhandlung. Denn es kam darauf an, die Grüns an dem zu erkennen, was der Tod ihnen gelassen hatte. Unter jedem Grün liegt ein trockenes Grün, und wenn das eine verbleicht, wird durch das andere sein Wesen erst richtig offenbar. Und Alfanhuí verglich eins mit dem anderen. Manche Grüns waren verschieden voneinander, solange sie lebten, glichen sich jedoch in der Trockenheit, die ihnen innewohnte. Es gab aber auch Grüns, die sich im Tod verdüsterten, und Grüns, die sich erhellten, andere wiederum, die sich in Braun, Rot oder Gelb verwandelten. Und dann gab es noch solche, die so zart und vergänglich waren, daß sie vom Sterben durchsichtig wie feine Glasplättchen wurden. Einige gab es, die sich beim Trocknen von Fall zu Fall auf verschiedene Weise darstellten, weil sie alles, was in ihrer Nähe geschehen war, empfindsam wahrgenommen hatten. So brachten sie zuweilen wunderliche schwarze Streifenmuster her-

vor und entdeckten sich dadurch als Zeugen von Taten, die man niemandem gestehen kann. Manchmal waren es traurige Muster, die ein Leid zu klagen schienen, oder zornige Muster, die Rache forderten.
In den Gefäßen, die in der Kräuterhandlung standen, suchte Alfanhuí das sterbliche Ebenbild alles Lebendigen, um es daran besser zu erkennen.
Solches und noch vieles mehr lernte Alfanhuí, während er im Hause des gelehrten Diego Marcos weilte. Doch wieviel er in Erfahrung brachte, wird in dieser Geschichte nicht mehr kundgetan, denn nur Alfanhuí selbst hätte es aufschreiben können.
Und als er alle diese Dinge vollbracht hatte, wich jener sonderbare, pflanzenhafte Blick von ihm, und alle Erinnerung trat von neuem in seine Augen.
Er nahm Abschied von seiner Herrschaft und verließ Palencia, denn gar sehr rief ihn die Erinnerung zu dem neuen und ungemein hübschen Erlebnis, mit dem dieses Buch schließt.

XIII.

Von Alfanhuís Namen und von der freundlichen Erinnerung, die Alfanhuí seinem Meister bewahrte

Weiter nach Norden endeten die hügeligen Steppen. Das Land wurde golden und zog sich in sanften Wellen dahin. Vor Alfanhuí lag eine baumlose Gegend, in der ein Stoppelfeld nach dem anderen unter der Sonne und einem strahlend blauen Himmel leuchtete. Inmitten einer gelben Ebene sah Alfanhuí den schwarzen Rand eines Eichenhains, dessen Bäume ausgerichtet waren wie

ein zur Schlacht aufgestelltes Heer. Er sah die Ruinen eines Klosters mit einem flachen weißen Glockenturm ohne Glocken, in dessen törichten, verlassenen Bogen sich die Ringeltauben niederließen. Er sah ein altes Dorf mit weiß getünchten Häusern und in dessen Nähe eine Burg aus goldgelben, erdfarbenen Steinen. Zwischen den Mauerfugen wuchs ein schwärzlichgrünes, dorniges Gestrüpp. Die Burg stand auf einer Anhöhe und beherrschte den Fluß und die Ebene. Ein heller Erdwall zog sich vom Fuß der Burg bis an das Flußufer hinunter. Riesige Pappeln säumten das Ufer und ragten über den Erdwall hinaus. In dem Fluß hatten sich Inseln und Sandbänke gebildet. Wenn man stromaufwärts ging, konnte man die Berge sehen. Hoch am Himmel über dem Fluß kreisten die Turmfalken.
Alfanhuí kletterte zum Fluß hinunter. Das Wasser hatte eine grüngoldene Farbe ünd schlug in Wellen gegen das Ufer. Über den Wassern lag ein leichter Nebel. In der Flußmitte sah Alfanhuí eine große Insel, auf der Weiden und Kreuzdornbüsche wuchsen. Ein feiner Regen fiel. Alfanhuí zog sich die Schuhe aus und schickte sich an, den Fluß zu durchwaten. Bis zu der Insel war es ein weiter Weg, und das Wasser war sehr kalt. In der Mitte machte ihm die Strömung zu schaffen und trieb Geröll gegen seine Füße. Langsam watete Alfanhuí unter dem Sprühregen weiter. Vor der Insel breitete sich ein steiniger Strand aus. Dem Strand folgte eine sanfte Böschung, mit der das feste Land begann. Alfanhuí stieg hinauf. Das Land lag einsam und verlassen da. Die Insel mochte nahezu einen Kilometer lang und hundert Meter breit sein. Ein Vogelschwarm erhob sich langsam und flog mit einem lieblichen, immer wiederkehrenden Ruf dicht am Boden über die Insel

dahin. Es waren die Rohrdommeln. Jetzt flogen sie, etwa fünf Meter von ihm entfernt, um Alfanhuí herum und bildeten einen Kreis um ihn:

»Al-fan-huí, al-fan-huí, al-fan-huí.«

Sie riefen ihn. Jetzt war nur noch die Insel zu sehen, und aus dem Nebel sprühte unaufhörlich ein leichter, sanfter Regen, von dem man kaum naß zu werden schien. Alfanhuí setzte sich auf einen Stein. Eine nach der anderen ließen sich die Rohrdommeln nieder und schwangen sich von neuem in die Lüfte:

»Al-fan-huí, al-fan-huí, al-fan-huí.«

Alfanhuí gedachte seines Meisters. ›Du hast genau solche Augen wie die Rohrdommeln.‹ Die Rohrdommeln riefen aufs neue seinen Namen. Alfanhuí weinte. ›Ich werde dich Alfanhuí nennen, denn das ist der Name, mit dem die Rohrdommeln einander rufen.‹ Der feine Regen verbarg seine Tränen. Alfanhuí hob die verweinten Augen auf zu dem klaren, lieblichen Flug der Rohrdommeln. Alles lag in tiefer Stille, und nur der Ruf der Rohrdommeln erklang:

»Al-fan-huí, al-fan-huí, al-fan-huí.«

Die Wolkendecke lichtete sich. In allen Farben schillerte der Sprühregen in der Sonne. Noch flogen die Rohrdommeln unter dem Sonnenregen um Alfanhuí herum, doch als der Regen nachließ, verschwanden sie hinter dem Nebel. Langsam flogen sie davon, ließen sich noch einmal herab und schwangen sich wieder auf und zogen immer weitere Kreise. Und der Himmel wurde immer heller. Schließlich sah Alfanhuí, wie sich die Rohrdommeln in der Ferne verloren. Auch sein Name verlor sich und verklang im Wind. Die Wolken zerrissen, und die Sonne trat hervor.

Da sah Alfanhuí, wie über ihm am Himmel der große Farbenbogen entstand.

Nachwort

Abenteuer und Wanderungen des Alfanhuí ist ein ungewöhnliches Buch und ein Ausnahmefall innerhalb der spanischen Literatur. Es ließ sich in der Zeit des Franco-Regimes nach dem Ende des Bürgerkriegs keiner der damals vorherrschenden literarischen Tendenzen zuordnen: nicht dem Neuen Sozialen Realismus, der durchaus politische Ziele verfolgte und Protest gegen die noch sehr harte Diktatur sein wollte, und noch weniger hatte das 1951 erschienene Buch mit der von den Bürgerkriegssiegern geförderten traditionalistischen und gewöhnlich sich in patriotischer Rhetorik ergehenden Literatur zu tun. Auch deshalb mag der kleine Roman von Rafael Sánchez Ferlosio zunächst wenig Beachtung gefunden haben.
Der junge Alfanhuí erinnert zwar an die »pícaros«, die jugendlichen Helden der pikaresken Literatur, des spanischen Schelmenromans. Wem fällt da nicht der ebenfalls durch Kastilien wandernde Blindenführer Lazarillo de Tormes ein. Auch Alfanhuí übt sich in vielen traditionellen handwerklichen Tätigkeiten; er lernt bei einem lebensweisen Meister in Guadalajara, Tiere zu sezieren und auszustopfen, und wird später im Dorf seiner Großmutter zum Hirten und Hüter der alten Ochsen ernannt, die in vielen Orten Kastiliens bis zu ihrem Tod Tag für Tag auf die Weide geführt wurden und so ein verdientes Gnadenbrot erhielten. Alfanhuí erlebt aber nicht die Härten und Grausamkeiten, welche die »pícaros« im 16. und 17. Jahrhundert erleiden mußten, und so wird er auch nicht zu einem Schelm, einem schlauen Gauner, der sich gegen die Mächtigen

mit deren Mitteln zu verteidigen weiß. Alfanhuí ist vielmehr ein gefühlvoller, der Natur und den Tieren zugetaner Junge, dem die Menschen, denen er während seiner Wanderschaft begegnet, nichts Böses antun. Real ist an dem Roman der Schauplatz, das ländliche, an seinen alten Bräuchen festhaltende Kastilien und das Madrid der liebenswerten Vagabunden und der schuldlos Zukurzgekommenen. Alltägliche Ereignisse erleben häufig eine wundersame Verlängerung in die Welt der Phantasie; die Übergänge zwischen dem wirklichen Leben und der Märchenwelt verlaufen ohne Bruchstellen. Die ganz realen Ausgangspunkte bleiben auch bei den abenteuerlichen Ausflügen in das Reich der Phantasie immer präsent. Den Leser überrascht es nicht, wenn der metallene Wetterhahn sich stundenlang mit dem Jungen unterhält und wenn im Hause des Meisters nicht nur die präparierten Tiere ausgestopft sind, sondern auch die arbeitsame, sich wendig auf hölzernen Rädern bewegende Dienstmagd. In beiden Welten, zwischen dem realen Alltag und den Wundern der Magie, bewegen sich Figuren wie der Tierausstopfer aus Guadalajara oder Alfanhuís tüchtige Großmutter, die auf dem Schoß Küken für das ganze Dorf Moraleja ausbreitet und ihre Kraft aus den mit Erinnerungen gefüllten Truhen bezieht. In Madrid, wo Alfanhuí das sehr realistisch geschilderte Leben der in bescheidenen Pensionen untergekommenen Menschen ohne Familie führt, lernt er Don Zana, den beredten Schokoladenfabrikanten und Varietétänzer, kennen. Don Zana ist eigentlich eine »Marionette aus Holz«, dessen Reste – »Splitter und Lumpen« – von Alfanhuí schließlich wie zufällig in ein Kanalloch gestoßen werden. Die ersten Sätze von *Alfanhuí* sind in

fast alle Anthologien der modernen erzählenden Literatur spanischer Sprache eingegangen. Es gibt sicher wenige Romananfänge, die in so einfacher und klarer Sprache in eine phantastische Welt einführen, ohne den Leser zu verwirren.
Nach dem einfallsreichen Fabulieren in *Alfanhuí* hatte sich Rafael Sánchez Ferlosio etwas ganz anderes, ja Gegensätzliches vorgenommen. Mit einem fast schon photographisch wirkenden Realismus beschreibt er in dem im Jahr 1956 erschienenen Roman *El Jarama* den Sonntagsausflug einer Gruppe von Jugendlichen an den Fluß Jarama. Auf 400 Seiten werden die Dialoge zwischen den jungen Ausflüglern wiedergegeben. Diese haben sich wenig Interessantes zu sagen; ein »Epos der Belanglosigkeit« hat man diesen Roman deshalb genannt. In der Tat: Langeweile und Belanglosigkeit prägen diesen Tag am Fluß. Die damals für viele Menschen bedrängende politische und moralische Wirklichkeit wird fast ganz ausgespart in den Gesprächen zwischen den jungen Leuten am Fluß oder den Ausflüglern im nahen Gasthaus. Die lähmende Belanglosigkeit wird nur kurz erschüttert: Gegen Ende des Romans ertrinkt eines der Mädchen im Jarama. Aber der »Jarama-Fluß des Lebens« fließt zäh über die Unglücksstelle hinweg. Beeindruckend sind dabei die Dialogtechnik und die fast photographisch anmutende Beschreibungsweise, mit der Sánchez Ferlosio die vom Neuen Sozialen Realismus eingeforderte erzählerische Objektivität aufs vollkommenste umsetzt. Diese Romantechnik, die sich vorwiegend auf Tonband und Photoapparat stützen könnte, ist nur möglich bei der Darstellung von Menschen, die in einer völligen Monotonie und in abgeschlossenen Lebensräumen existieren: vielleicht ist sie

noch denkbar für die Darstellung von monatelang in großen Schiffen eingeschlossenen Hochseefischern wie in dem Roman *Gran Sol* von Ferlosios Zeitgenossen Ignacio Aldecoa, in Berichten über Gefängnisinsassen oder in ihren Cockpits sitzenden Piloten.

Rafael Sánchez Ferlosio hatte mit *Am Jarama* – so der Titel der 1960 im Insel Verlag erschienenen deutschen Übersetzung – bewiesen, daß er einen sozial-realistischen Roman schreiben konnte, ohne den politischen Protest gegen die Diktatur ausdrücklich formulieren zu müssen. Mit der objektiven Schilderung der Situation im Franco-Spanien, des Fehlens von Freiheiten und Grundrechten für die meisten Menschen und der sozialen Schranken für die Jugend war das starre und repressive Regime der Bürgerkriegssieger schon unter Anklage gestellt.

El Jarama erhielt den Premio Nadal, den damals angesehensten spanischen Literaturpreis. Die Präzision, auch in den kleinsten Details, machte das Buch von Sánchez Ferlosio zum Höhepunkt und perfekten Beispiel des Sozialen Realismus, läutete aber auch das Ende dieser literarischen Strömung ein, führte die Beschreibungsliteratur schon fast zum Absurden, lange bevor die phantasiereichen, in der gleichen Sprache geschriebenen Werke aus Lateinamerika erschienen, die dann zu einem Schock für viele Schriftsteller in Spanien wurden und umfassende Änderungen der Thematik des Erzählten und der Schreibtechnik verursachten.

1951, fünf Jahre vor *El Jarama*, hatte Sánchez Ferlosio, zunächst wenig beachtet von der Kritik und vom spanischen Leserpublikum, *Industrias y andanzas de Alfanhuí* veröffentlicht. Mit dem Nadal-Preis für *El Jarama* fand auch das frühere Werk größeres Interesse und gewann im Laufe der Zeit im spanischen Original und besonders in den zahlreichen Übersetzungen mehr Leser als *El Jarama*. Der spätere Nobelpreisträger Camilo José Cela hatte wohl recht, als er in einer seiner höchst seltenen lobenden Bemerkungen über das Werk eines Kollegen *Abenteuer und Wanderungen des Alfanhuí* als ein »zeitloses Buch« bezeichnete.

Rafael Sánchez Ferlosio hat außer diesen beiden Büchern keine weiteren Werke der Fiktion veröffentlicht, hingegen noch zahlreiche Aufsätze, gesammelte Zeitungsartikel und linguistische Studien. Er ist wie der große Mexikaner Juan Rulfo ein Autor von nur zwei Büchern, allerdings sind die Bücher von Sánchez Ferlosio im Gegensatz zu den beiden Bändchen Rulfos – *Pedro Páramo* und *Der Llano in Flammen* – sehr unterschiedlich in Inhalt, Struktur und Sprache. Gewiß, die Fähigkeit der fast wissenschaftlich genau anmutenden Beschreibung zeigt sich auch hin und wieder in *Alfanhuí*, etwa wenn Ferlosio alte kastilische Möbel, die Landschaft der Hochebene, aber auch ganz kleine Dinge wie die Ritzen in Holzplanken beschreibt. Doch während *Alfanhuí* von phantastischen, magischen und irrealen Ereignissen fast überbordet, wird in *Am Jarama* nie die Grenze des real erfaßbaren Geschehens überschritten, und dieses Geschehen wird sehr exakt, allerdings mit einem außergewöhnlich reichen Wortschatz dargestellt. Der spanische Journalist Lluis Bassets schrieb einmal: »Nacheinander gelesen, verhält sich *Alfanhuí* zu *El Jarama* wie der Mond zur Sonne.« Wie diese Himmelsgestirne aus hellen und dunklen Stunden sich zum kompletten Tag ergänzen, so bilden die beiden unterschiedlichen Romane das Gesamtwerk eines bedeutenden Dichters.

Die Freunde der spanischen Literatur haben sich häufig gefragt, warum Sánchez Ferlosio nach dem großen Erfolg von *El Jarama* »aufgehört hat zu schreiben«, was allerdings eine falsch gestellte Frage ist: Ferlosio hat in den Jahrzehnten seit 1956 immer geschrieben, manches davon auch veröffentlicht. Er hat allerdings keinen Roman mehr publiziert. Dem zurückgezogen in Madrid lebenden, Ruhm und Publizität abholden Schriftsteller lag es fern, den Erfolg von *El Jarama* auszunutzen für einen schnellgeschriebenen neuen Roman. Er begann ein neues erzählerisches Werk, das ganz anders sein sollte als *Alfanhuí* oder *Am Jarama*; doch der Autor, offensichtlich unzufrieden mit den schon geschriebenen Kapiteln, warf diese in den Papierkorb. Von seinen zur gleichen Zeit geschriebenen sprachphilosophischen, literartheoretischen und vor allem semantischen und semiotischen Studien ließ er einige Aufsätze veröffentlichen. Gefragt, warum er kein Buch mehr publiziere, antwortete Sánchez Ferlosio lange Zeit hindurch etwas unwirsch mit einem Hinweis auf seine »angeborene Faulheit«. In Wirklichkeit war es wohl sein ausgeprägter Sinn für Selbstkritik und sicher auch seine Unzufriedenheit mit der politisch und kulturellen »bleiernen Zeit« der spanischen Diktatur, die den Schriftsteller dazu bewegten, fern aller Öffentlichkeit vorwiegend mit literarischen Ausdrucksformen zu experimentieren und seine übrige Zeit der Lektüre zu widmen: Adorno, Max Weber, Kafka und Benjamin gehörten zu seinen bevorzugten Autoren.

Von der Art, wie sich in Spanien der Übergang von der Diktatur zu einer parlamentarischen Demokratie vollzog, zeigte sich Sánchez Ferlosio enttäuscht. Er hielt sich fern von allen Parteien der Mitte und der Linken, glaubte, daß Kommunisten, Sozialisten und Liberale zu viele Konzessionen gemacht hätten gegenüber den Anhängern Francos, die nach dem Tod des Diktators ja noch längere Zeit über die reale Macht verfügten. Ferlosios Denken hatte immer schon eine stark anarchistische Komponente. Anfang der achtziger Jahre schrieb er wieder viele Artikel, zunächst in der linksliberalen Zeitung »El País« und dann im konservativen »ABC«, wo er heute noch Meinungen vertritt, die häufig der politischen Leitlinie dieser Zeitung völlig widersprechen. Es gibt viele Spanier, die Ferlosios eigenwillige Weltbetrachtung und seine manchmal verschrobenen oder absurden Ansichten mögen; andere wiederum meinen, der Autor von *Alfanhuí* und *El Jarama* schreibe und argumentiere auf zu eigensinnige Art von sehr persönlichen Standpunkten aus, vorbei am Denken und Fühlen, – manchmal auch am Verständnis –, der meisten seiner Landsleute. Der vielgelesene Romancier Manuel Vicent sagte einmal: »Ferlosio ist der Mann, der am meisten weiß von Dingen, die keinen Menschen interessieren.« 1983 erhielt Sánchez Ferlosio für seinen Artikel *La conciencia débil se lava con sangre* (Das schwache Gewissen wird mit Blut gewaschen) den Premio Francisco Cerecedo, den wichtigsten spanischen Journalistenpreis. Viele Sympathien verlor er, als er im Herbst 1984 dem sozialistischen Ministerpräsidenten Felipe González vorwarf, hohe Summen von Staatsgeldern zu vergeuden. Millionen von Peseten, so behauptete der Schriftsteller, erhalte ein alter japanischer Mönch, um den Ministerpräsidenten in der Pflege von Bonsai-Bäumchen zu unterrichten. Der Artikel wurde von der rechten Opposition für heftige Angriffe auf González ausgenützt, bis Sánchez Ferlosio dann erklären mußte, daß er die ganze Geschichte frei erfunden hatte, um Felipe González zu ärgern.

Rafael Sánchez Ferlosio gehört einer politisch sehr aktiven Familie an. Sein Vater, Rafael Sánchez Mazas, war ein wichtiges Mitglied der faschistischen Falange-Partei. Er wurde im Bürgerkrieg von einem republikanischen Milizsoldaten vor der Erschießung durch ein linkes Kommando gerettet, eine Geschichte, die in dem auch international erfolgreichen Roman von Javier Cercas, *Die Soldaten von Salamina*, eine Rolle spielt. Rafael Sánchez Mazas schrieb einige gute Romane und bekleidete dann in der Diktatur eine Reihe politischer Ämter. 1927, als der mit einer Italienerin verheiratete Sánchez Mazas Kulturreferent in Italien war, wurde Rafael Sánchez Ferlosio in Rom geboren. Sein Bruder Miguel war ein bedeutender Mann in der sozialistischen Opposition gegen Franco und mußte lange Jahre im Exil leben. Der jüngste Bruder Chicho Sánchez Ferlosio war als Liedermacher und Sänger eine bekannte Figur der Madrider Künstlerboheme und des intellektuellen Nachtlebens in der spanischen Hauptstadt. Rafael war mit der bekannten Schriftstellerin Carmen Martín Gaite verheiratet, deren bei Suhrkamp erschienener Roman *Rotkäppchen in Manhattan* auch in Deutschland sehr erfolgreich war.

Im Jahre 1986 veröffentlichte Rafael Sánchez Ferlosio die fragmentarisch anmutende historische Erzählung *El testimonio del Yarfoz* (Das Zeugnis von Yarfoz), die wenig Anklang bei der Kritik und geringes Interesse beim spanischen Lesepublikum fand. Dagegen wurden die Sammelbände seiner langen Essays und Zeitungsartikel mehr gelesen und diskutiert, vor allem der 1993 erschienene Band mit dem Titel *Vendrán más años malos y nos harán más ciegos* (Es kommen weitere schlechte Jahre, die uns noch blinder machen werden). In diesem Buch finden sich auch einige sehr gelungene »Greguerías in der Art von Ramón«. Das sind metaphorische Aphorismen, wie sie Ramón Gómez de la Serna erfunden hatte.

Rafael Sánchez Ferlosio schreibt immer noch regelmäßig Artikel zu politischen und intellektuellen Themen, zu aktuellen und grundsätzlichen Fragen, die interessante und heftige Polemiken auslösen. Der häufig kaustisch argumentierende Schriftsteller wird wegen seiner völligen Unabhängigkeit im intellektuellen Spanien geschätzt, auch von vielen, die seine Ansichten nicht teilen, ja diese sogar klar zurückweisen.

Mit zwei Romanen, die schon ein halbes Jahrhundert zurückliegen, hat Sánchez Ferlosio einen festen und wichtigen Platz in der Geschichte der spanischen Literatur. *Abenteuer und Wanderungen des Alfanhuí* ist in seiner stimmungsvollen Mischung aus Realität und Phantasie einzigartig in dieser Literatur.

Walter Haubrich

Inhalt

Erster Teil

Zweiter Teil

Dritter Teil